À PROPOS DE L'AUTRICE

Née à Morges, une petite ville de Suisse, Laura a grandi bercée par les films de cape et d'épée. Passionnée par l'histoire et dotée d'une âme profondément romantique, elle trouve son inspiration dans la musique classique. C'est ainsi qu'elle parvient à exprimer ses émotions et à les transcrire avec sensibilité sur le papier.

Une attirance scandaleuse

Collection : VICTORIA

HARPERCOLLINS FRANCE
83-85, boulevard Vincent-Auriol, 75646 PARIS CEDEX 13
Service Clients — https://www.harlequin.fr/contenu/contactez-nous
ISBN 978-2-2805-0573-4 — ISSN 2493-013X

Édité par HarperCollins France.
Composition et mise en pages Nord Compo.
Imprimé en mars 2025 par CPI Black Print (Barcelone)
en utilisant 100% d'électricité renouvelable.
Dépôt légal : avril 2025.

MIXTE
Papier issu de sources responsables
FSC® C159065

Pour limiter l'empreinte environnementale de ses livres, HarperCollins France s'engage à n'utiliser que du papier fabriqué à partir de bois provenant de forêts gérées durablement et de manière responsable.

LAURA DE SIEBENTHAL

Une attirance scandaleuse

Victoria

HARLEQUIN

Prologue

Après l'agitation des guerres de Religion, la France connaît au XVIIe siècle un vrai repos. À la mort du roi Henri IV en 1610, la régence de Marie de Médicis et le règne de Louis XIII étaient des périodes de reprise en main. À partir de 1624, le ministre du roi, Richelieu, s'y emploie activement, dénouant intrigues et complots dans le royaume de France.

Le jeune Louis XIV n'a que quatre ans lorsque le roi Louis XIII meurt. La régence de sa mère, Anne d'Autriche, assistée par le ministre Mazarin, multipliait les mécontentements des nobles comme ceux du peuple. La noblesse voulait retrouver ses privilèges d'autrefois, la bourgeoisie faisait reconnaître ses droits et l'indépendance des parlements locaux. La Fronde, une période de trouble grave, menaça le royaume pendant cinq ans.

Cependant, à la mort de Mazarin, le pouvoir royal réussit à s'imposer. Et lorsque Louis XIV prit lui-même les rênes du pouvoir en 1661, il mit tout en œuvre pour instituer la monarchie absolue. Les nobles étaient écartés des affaires politiques : le roi leur réserve les honneurs militaires, les dignités ecclésiastiques ou les fastes de la vie de la cour. Soumise à l'étiquette, l'aristocratie était ainsi domestiquée.

Soucieuse d'ordre et de grandeur, Sa Majesté, tout comme ses prédécesseurs, n'hésitait pas à punir quiconque s'opposait à la religion ou à l'autorité. Un grand nombre de nobles perdirent leur titre et leurs terres pour avoir désobéi au roi. Ce fut le cas de M. Gaston de Lenclos, qui fut dépossédé de son titre de comte, hérité de son père par droit d'aînesse, pour avoir abandonné son poste à la guerre franco-espagnole en 1642. Le titre de noblesse fut transmis à son jeune frère, Léopold de Lenclos.

N'ayant jamais appris à gouverner un comté, Léopold rendait visite aussi souvent que possible à son frère emprisonné à la Bastille, pour qu'il puisse le conseiller sur son nouveau rôle. Durant les premiers mois, il se sentait très inquiet et soucieux de bien faire. Il devait prendre en charge des gens et des paysans qu'il ne connaissait pas, et s'assurer de leurs bonnes conditions de travail afin qu'ils puissent payer les impôts. Il était attristé par le sort de Gaston, même s'il essayait de montrer une certaine sérénité ; et, pour le rassurer, il lui promit de veiller sur sa fille adorée, Anne, alors âgée de quatre ans, la petite n'ayant plus de mère.

Dans le château entouré par une forêt de pins où son oncle et tuteur l'avait accueillie, la petite Anne, qui était toujours d'humeur joyeuse, n'allait bientôt plus être seule. Sa tante, la comtesse de Lenclos, attendait un enfant qui devait naître au printemps suivant.

Trois ans passèrent durant lesquels Anne fut heureuse. Elle grandissait sous la protection de son oncle qui s'assurait de sa bonne éducation. Le comte connaissait quelques problèmes avec la paysannerie qui n'arrivait pas à payer les impôts. La petite vérole avait décimé la région. Une personne atteinte sur sept en mourait, et bon nombre de malades étaient incapables de travailler, devenus aveugles, estropiés et surtout défigurés pour le restant de leurs jours.

La comtesse, quant à elle, aimait son statut. Elle se rendait très souvent au Louvre pour se créer des relations à la cour. Au fond d'elle-même, la comtesse avait toujours souhaité connaître cette vie et le grand luxe. Elle dépensait des sommes astronomiques pour des nouvelles toilettes à la mode et pour donner des bals, où toute la noblesse de la province s'empressait de venir. Mme la comtesse appréciait les mondanités. Elle se faisait facilement des amis et aimait être entourée, contrairement à son époux qui était casanier et solitaire. Grâce à ses connaissances, elle put développer le domaine familial, louant certaines terres à prix d'or.

Un matin de février, la maisonnée était encore endormie lorsqu'un valet apporta à Léopold une lettre urgente qui contenait une triste nouvelle. Gaston de Lenclos était mort dans la nuit d'une fièvre typhoïde qui avait atteint un grand nombre de prisonniers à la Bastille. En bas du grand escalier, Léopold se sentait observé par son épouse et par Anne qui était accroupie sur la première marche. Il n'osait pas annoncer la mort de son frère. Ses lèvres étaient pincées et son menton tremblait. Anne, du haut de ses neuf ans, comprit dans le silence de son oncle qu'une mauvaise nouvelle était arrivée. Après cinq ans de réclusion pour son père, la petite Anne devenait malheureusement orpheline.

Elle continua de grandir auprès de sa famille adoptive. Elle était rayonnante, mais gardait toujours au fond de son cœur une certaine tristesse, surtout lorsqu'elle pensait à ses parents. Elle était sincèrement admirative de la capacité de sa tante à se lier d'amitié avec tout le monde, et de son goût pour le luxe qu'elle lui avait transmis. Anne retint de l'enseignement de son oncle et de son précepteur la lecture, qu'elle affectionnait particulièrement, et les arts. Elle connaissait parfaitement tous les peintres et avait lu tous les poètes de l'époque.

Anne décida qu'il était temps de voir le monde qui s'offrait à elle et de suivre sa propre voie. Penchée au-dessus du berceau de la petite Diane, troisième enfant de la comtesse, elle annonça qu'elle reviendrait pour prendre des nouvelles de sa cousine. Anne souhaita que la petite ne connaisse jamais le malheur qu'elle avait vécu en devenant orpheline. Elle lui embrassa le front et lui promit de revenir avant ses dix ans.

1

12 avril 1667

Une journée calme et ensoleillée venait éclairer la demeure du comte de Lenclos. Comme tous les matins, le valet apportait lettres et nouvelles au seigneur du château. Ce jour-là, il découvrit une lettre pour sa fille cadette, Diane Marie. Le comte avait également deux fils aînés, Philippe et Richard, qui étaient tous deux soldats pour le roi Louis XIV.

Après s'être saisi de la missive, le comte fit appeler sa fille au petit salon. Quand celle-ci arriva, son doux visage de porcelaine illumina le sourire de son père. C'était une jeune fille aux yeux verts en amande et aux longs cheveux châtains ondulés, coiffés avec des nœuds de couleur. N'ayant pourtant pas la blondeur et les yeux clairs, considérés comme favorables à la cour, ses gestes et son regard étaient si gracieux qu'elle attirait irrésistiblement l'attention. Elle avait un charme fou.

— Bonjour, ma chère fille ! Quelle belle journée avons-nous là ! s'exclama le comte.

— Bonjour, mon père, répondit-elle en faisant la révérence. Oui, une magnifique journée !

— Où est donc madame votre mère ? demanda le comte.

— Elle donne les ordres en cuisine pour le dîner.

— Bien ! J'ai reçu une lettre pour vous. Il me semble que c'est de votre cousine, Anne de Lenclos.

— Merci, mon père. Je m'en vais de ce pas la lire à l'extérieur pour profiter du beau temps.

Diane prit le pli que son père lui tendait et s'en alla dans les jardins du château. C'était le printemps, la plupart des fleurs avaient éclos et les oiseaux chantaient. Elle s'installa sur un petit banc de pierre, à l'ombre d'un grand chêne qui servait d'habitation aux oiseaux et aux insectes. Sa cousine, Anne, était une femme avec beaucoup de répartie et jouissait d'une réputation de grande libertine. Elle était connue sous le surnom de Ninon et était très souvent invitée chez les plus grands nobles du royaume de France. Dans la missive, Ninon détaillait toutes les aventures qu'elle avait vécues depuis leur dernière rencontre. Diane ne put s'empêcher de rire en parcourant la lettre. À la fin de celle-ci, Ninon lui demandait de lui raconter ses histoires d'amour, car elle adorait ça. Diane releva la tête, le regard absent. La jeune fille avait bien une anecdote à évoquer, mais elle ne finissait pas aussi bien que Ninon pourrait l'espérer. Diane replia la lettre, puis regagna sa chambre et rangea le courrier dans son secrétaire plaqué en bois de rose.

Midi avait sonné au clocher de l'église du comté. Toute la famille se retrouva à la salle à manger pour déjeuner. La table était particulièrement garnie. Il y avait du lièvre, des légumes, du pain blanc et quelques fruits. Diane mangea doucement. Avec son corset, il lui était difficile d'ingérer à sa guise. Le comte parlait politique avec son épouse, qui préférait quant à elle corriger le maintien de sa fille à table plutôt que de l'écouter. Ce sujet ne l'avait jamais vraiment intéressée. Diane s'exécutait à chaque remarque de sa mère mais sans jamais lever la tête de son assiette presque pleine.

Le repas terminé, elle s'en alla dans sa chambre pour répondre à la lettre de sa cousine. Elle s'assit sur une jolie chaise aux bordures dorées recouverte de tissu noble. Elle trempa sa plume d'oie dans l'encrier et coucha ses peines sur le papier.

12 avril 1667

Ma très chère cousine,

Je suis fort aise d'apprendre que tout va bien pour vous. Votre lettre m'a bien fait rire.

Pour votre demande d'histoires d'amour, je crains malheureusement que la seule anecdote que j'aie à vous raconter ne finisse pas d'une manière aussi romantique que vous l'espériez.

En avril 1666, j'étais à Vincennes avec mes parents. Dans notre carrosse, nous passions à côté d'un groupe de jeunes soldats. Mon regard accrocha les yeux de l'un d'entre eux. Ils étaient si bleus, comme le ciel après un orage d'été. Nous nous sommes regardés assez longtemps pour que je comprenne qu'il se passait quelque chose en moi. Mon cœur battait la chamade, et des fourmillements se propageaient dans mon corps. C'était la première fois que je ressentais un amour aussi soudain. Sur le moment, j'étais heureuse, mais je me disais hélas que je ne le verrais jamais plus.

Deux jours après, nous étions invités à un bal donné par le frère du roi, Philippe duc d'Orléans. Je voulais rejoindre une amie que j'avais reconnue dans la salle. En traversant la foule, je la perdis de vue. Pendant que je la cherchais, une grande silhouette s'arrêta à mes côtés. C'était le jeune soldat au regard bleu. Je restai bouche bée, les yeux écarquillés. Que faisait-il là ? Il me complimenta sur ma robe et me fit la révérence en se présentant sous le nom de Thibaut, fils du duc François d'Artois d'Angoulême. Je me présentai à mon tour, puis nous passâmes la soirée à danser et à discuter.

Les jours défilèrent, et la cuisinière me remit discrètement une lettre qu'elle avait reçue pour moi le matin même, par un jeune homme fort aimable et charmant. Je m'empressai donc de lire cette mystérieuse missive. C'était Thibaut. Il me demandait si nous pouvions nous revoir en secret. Je pouvais le rejoindre à 14 heures à la rivière des lavandières, il m'y attendrait. J'étais si heureuse à l'idée de le revoir que rien au monde n'avait autant d'importance. J'accompagnai donc notre lavandière tout en lui faisant promettre de ne rien dire à mes parents.

Lorsque j'arrivai à la rivière, Thibaut m'attendait sous un arbre fleuri. Il était beau, et je m'avançai vers lui en souriant. Nous parlâmes de lui et de sa carrière de soldat, et aussi de mes passe-temps. Il me récita un poème écrit de sa plume. Nous n'étions pas du même rang, mais cela n'avait point d'importance pour nous, nous étions heureux.

Nous passâmes tout le printemps à nous voir en secret.

Je lui écrivis pour l'inviter au bal que mon père allait donner pour la Saint-Jean. Ma lettre resta sans réponse. Quelques jours avant la réception, je reçus enfin une missive de sa part. Il me disait que nous ne devions plus nous revoir. Que notre différence de rang était trop grande et qu'en tant que cousin du roi jamais son père n'accepterait cette fréquentation. Il devait faire honneur à sa famille.

Mon cœur était brisé, un poids s'était posé sur ma poitrine et je pleurais chaque nuit. Dès ce jour, je n'eus plus jamais de nouvelles de Thibaut.

Voilà, ma chère Ninon. Comme je vous l'ai dit plus tôt, cette histoire ne se termine pas de façon romantique.

Je vous adresse toute mon affection.

Diane de Lenclos

Diane déposa sa plume dans l'encrier, passa brièvement le papier buvard sur la lettre, la plia et la cacheta. Une larme coula sur sa joue droite, puis tomba sur sa robe en dentelle. Elle s'était promis de ne plus penser à lui, mais elle n'en était pas capable. L'oublier signifiait qu'elle devait renoncer aux doux souvenirs et aux émotions ressenties lors de la première rencontre. Cela impliquait de se mentir à soi-même, ce qu'elle ne pouvait pas.

Elle sortit de sa chambre et confia le pli au premier valet qu'elle rencontra. À cet instant, sa mère l'appela du bas de l'escalier pour leur promenade quotidienne dans les jardins du château. La comtesse était une femme coquette qui suivait la mode avec assiduité. Elle adoptait toujours les dernières tendances de la cour. Par ailleurs, elle recommandait l'ordre et la raison à ses enfants, qu'elle aimait par-dessus tout.

Diane, sous son ombrelle, contemplait les écureuils roux qui sautaient de branche en branche sur le vieux chêne planté au milieu du jardin. Perdue dans ses souvenirs, elle n'écoutait point sa mère qui lui parlait de sa vie future.

— Diane Marie ! M'écoutez-vous ? s'emporta la comtesse.

— Bien sûr, ma mère ! s'exclama Diane avec assurance. Je vous écoute toujours, vous le savez bien !

— Diane... Je vous parle d'un sujet sérieux. Ce manque de maturité de votre part me chagrine.

— Ma mère, je suis tout ouïe, reprit Diane en soupirant.

— Ma fille, vous avez déjà dix-sept ans. Il est temps pour vous de songer au mariage. Des filles plus jeunes que vous ont déjà trouvé un parti. Certaines sont même déjà mères.

— Oui, mais elles sont mariées de force. Et moi je refuse de m'unir sans amour, s'énerva Diane.

— Ma fille ! L'amour n'existe que pour les pauvres et les courtisanes. Et je ne souhaite pas vous voir finir votre vie dans un salon privé comme votre cousine Anne, ou au couvent. Nous avons un rang, bien que récent et bas, et nous devons lui faire honneur, pour la famille, votre père et vos frères. Je connais quelqu'un qui pourrait vous plaire. Il se nomme Henri de Mornay, marquis de Montreuil. Il est un peu plus âgé que vous, mais je suis certaine que...

— Non, ma mère ! Je m'y refuse ! coupa-t-elle.

Diane partit en courant dans le labyrinthe près des arbres fruitiers pour y être seule, laissant la comtesse mécontente de sa réaction.

Cette dernière rentra au château par le grand escalier, quand son époux vint à sa rencontre. Durant son absence, une lettre de leurs fils était arrivée. Elle annonçait leur retour dans la demeure familiale pour quelques jours. La comtesse se réjouissait qu'ils soient sains et saufs, car le roi menait une grande guerre en Franche-Comté qui avait fait beaucoup de morts. Elle profita de cette entrevue avec son époux pour lui parler du futur de Diane. Le comte l'invita à en discuter tranquillement au salon.

Diane s'était assise au bord du petit étang, qui abritait de jolies carpes colorées ainsi que des grenouilles qui coassaient sans interruption. De magnifiques nénuphars avaient poussé à la surface de l'eau. Elle repensait à ce que sa mère lui avait dit plus tôt. Devait-elle accepter d'épouser ce marquis de Montreuil et ainsi devenir marquise à son tour ? Cela lui assurerait une vie tranquille à la cour. Ou devait-elle refuser, et continuer à croire en l'amour véritable et vivre avec celui qu'elle aimait, peu importe son rang ? À force de penser à tout cela, Diane n'avait même pas remarqué que la nuit était presque tombée. Elle délaissa l'étang pour retourner au château. Un valet l'arrêta dans sa montée des marches de l'escalier extérieur. Il l'invita à se rendre dans la salle à manger. Quand elle pénétra dans la pièce, ses parents étaient déjà installés à table. Elle s'assit en ignorant sa mère placée à sa droite et salua son père qu'elle n'avait pas vu de la journée. Pour rompre le silence pesant, le comte lui annonça que ses frères allaient bientôt rentrer. Diane retrouva le sourire rapidement car elle aimait énormément ses frères, et elle termina le souper de bonne humeur après s'être remémoré, avec son père, toutes les bêtises qu'elle avait faites avec eux.

2

Deux jours passèrent avant que ses frères n'arrivent au château. Diane avait entendu au loin les claquements des sabots sur le sol caillouteux, et elle s'empressa d'aller se poster devant la grande porte d'entrée de la demeure familiale. Deux chevaux essoufflés et sales, montés par des cavaliers fourbus, s'arrêtèrent devant elle.

— Philippe ! Richard ! Je suis tellement heureuse de vous revoir ! s'écria Diane.

— Ma petite sœur, je suis ravi de vous revoir également. Toujours aussi radieuse, s'exclama Philippe en descendant de sa monture.

— Que nous vaut toute cette joie, petite sœur ? Un heureux événement dont nous ignorons l'existence ? se moqua Richard.

— Non, mes frères. Juste la joie de vous retrouver. À dire vrai, depuis que vous êtes partis, je suis seule et je m'ennuie, sans vous à mes côtés, dit Diane avec un sourire en les serrant dans ses bras.

Tout le monde était présent dans le petit salon pour entendre les récits des deux soldats. Philippe, qui était l'aîné de la fratrie, avait vingt-trois ans. Il était plus grand que son père, possédait des yeux verts comme sa sœur et avait des cheveux châtain clair légèrement bouclés. Ses exploits pendant la guerre avaient été remarqués par le capitaine des armées du roi. Avant son arrivée, il avait été nommé sergent. Le comte était très content de cette nouvelle. Il donna une tape affectueuse dans le dos de son fils et afficha une fierté non dissimulée. Philippe avait aussi rencontré la fille du baron de Breteuil, conseiller d'État, et elle lui plaisait fortement. C'était une demoiselle de bonne famille qui n'avait jamais failli à ses devoirs. Philippe sollicita l'avis de son père et lui demanda si une alliance avec la famille de Breteuil lui plairait. Le comte répondit à son fils qu'il allait étudier la question et écrire au baron pour en discuter. Quant à Richard, qui était plus jeune et plus petit que son frère, il tenait à sa liberté de pensée et de corps. Comme sa mère, il avait les yeux bruns et les cheveux foncés. Il était un peu grivois et aimait rendre visite à des filles de joie. Mais il faisait toujours attention à ne pas souiller son nom de famille. Pour cela, il allait toujours dans des maisons de bonne réputation.

Les jours chauds de l'été étaient arrivés, et avec eux toutes les festivités estivales. Diane reçut une lettre de Ninon l'invitant à venir chez elle pour profiter des bals à Paris. La comtesse n'était pas favorable à ce séjour dans la capitale, craignant que sa fille ne se rabaisse à la débauche. Le comte, après réflexion, accorda à Diane la visite chez sa cousine. Il la savait assez intelligente pour faire la part des choses. Les frères, qui furent rappelés dans leur garnison, promirent à leur père d'emmener Diane jusqu'à Paris. Celle-ci, dès son arrivée, devait lui écrire une lettre. Au petit matin, après avoir fait son paquetage et salué ses parents, la fratrie s'en alla en calèche sur les routes de campagne jusqu'à la capitale. Les montures personnelles des deux soldats étaient attachées à l'arrière du véhicule. Ainsi, ils voyageaient plus confortablement et pouvaient deviser gaiement.

Après une demi-journée de route assez confortable sous le soleil d'été, les frères arrêtèrent la calèche au milieu d'une forêt pour laisser les chevaux se reposer. Diane profita de cette halte pour marcher un peu et respirer. Ses frères, quant à eux, se désaltérèrent. Soudain Richard s'exclama :

— Diane ! Maintenant que nous ne sommes plus que tous les trois, qui est cet homme que mère voudrait que vous épousiez ? Est-ce vous qui l'avez choisi pour son expérience, ou est-ce mère pour son rang ?

— Voyons, Richard ! répondit-elle, énervée. Bien entendu que c'est mère qui l'a choisi pour son rang. Et si c'était père, il aurait opté pour une personne de confiance.

— En attendant, soit vous acceptez la proposition de mère et vous finirez entourée de marmots, soit vous finirez vieille fille car, en étant une telle tête de mule, personne ne vous choisira par amour.

— Oh ! vous n'êtes qu'un sale pochetron qui ne connaissez qu'un seul sens du mot « amour » ! reprit Diane, encore plus irritée.

— Au contraire, je connais plusieurs sens pour faire l'amou...

— Taisez-vous, tous les deux ! cria Philippe. Pouvons-nous avoir une bonne conversation sans que vous vous chamailliez sans cesse ?

— Oui, bien sûr, mon frère, dit calmement Diane en s'asseyant et en posant ses mains gantées sur ses jambes.

Richard ne répondit pas à la remarque de son frère aîné et préféra boire une gorgée de l'eau-de-vie qui se trouvait dans sa petite flasque en cuivre. Il regrettait les paroles qu'il venait de prononcer à l'encontre de sa sœur. Il l'aimait beaucoup, et cela lui faisait de la peine de l'imaginer dans le lit d'un homme plus vieux qu'elle. Sa joie de vivre se fanerait trop vite. Pour faire la paix, il tendit sa bouteille à Diane, qu'elle saisit sans hésitation. Elle avala une grosse gorgée qui lui brûla immédiatement la gorge. Elle toussa et essaya d'aérer sa bouche tout en rendant la flasque à son frère. Richard se sentant las, il décida de faire une sieste dans la calèche. Philippe, qui ne voulait point rester seul à tenir les rênes, proposa donc à sa sœur de lui tenir compagnie. Les chevaux repartirent docilement.

Pendant le reste du chemin jusqu'à Paris, tous deux discutèrent de tout pour passer le temps. Arriva le moment où Philippe évoqua les relations entre hommes et femmes. Diane se tut et laissa parler son frère des dangers de l'amour véritable, de la sécurité du foyer, de la rente, affirmant que tout cela n'était pas à prendre à la légère. Philippe sentit un trouble chez Diane. Alors il lui demanda la raison de son silence, elle qui d'habitude aimait participer aux conversations. Elle lui répondit simplement que l'amour, elle avait pu y goûter et qu'elle en connaissait les ravages. Philippe voulut en savoir plus, mais elle le coupa dans son élan. D'un regard, elle lui fit comprendre qu'elle ne voulait pas en discuter. Elle préféra aborder un autre sujet, plus gai pour son frère, celui de l'élue de son cœur. Un sourire se dessina sur les lèvres de Philippe, puis il lui parla avec bonheur de Charlotte de Breteuil, une jeune femme très calme, aux boucles blondes comme les blés et au regard si angélique qu'il avait reçu en plein cœur une flèche de Cupidon.

3

Lorsque le voyage vers la capitale prit fin, Philippe et Richard amenèrent leur sœur bien-aimée directement chez leur cousine. Ils l'aidèrent à descendre ses valises de la calèche, puis la saluèrent d'une embrassade. Ils lui promirent de lui écrire dès qu'ils en auraient l'occasion, puis ils repartirent. Diane était désormais seule devant la porte de la demeure. Elle frappa à trois reprises et entendit de la musique puis des rires se rapprocher de plus en plus. La porte s'ouvrit brusquement à en faire grincer les gonds. Une très belle femme à la robe flamboyante se tenait devant elle. C'était Ninon, qui reconnut aussitôt sa cousine préférée.

— Diane ! s'exclama haut et fort Ninon. Je ne vous attendais pas aussi tôt ! Je suis très heureuse de vous revoir. Mais entrez donc, ma chère.

Ninon appela un serviteur et le somma de monter les bagages dans sa chambre privée pour que Diane puisse y dormir pendant son séjour. Diane suivit sa cousine à travers un dédale de couloirs, plus fastueux les uns que les autres, décorés de grands rideaux de velours aux passants d'or.

— Toutes mes chambres sont occupées par des nobles, des roturiers ou des soldats. En attendant que l'une d'elles se libère, vous dormirez dans ma chambre.

— Mais Ninon, je ne veux point vous priver de votre lit ! s'exclama Diane.

— Vous savez, je ne passe pas beaucoup de nuits dans mon lit ! dit Ninon en touchant le nez de sa cousine avec son éventail fermé.

Les joues de Diane devinrent rouges comme une pivoine. Elle imaginait sa cousine en compagnie d'un homme différent chaque soir, et cela la mettait terriblement mal à l'aise. Non qu'elle soit spécialement très prude, mais penser à l'honneur de sa famille était une priorité. Certes, elle avait déjà eu des rendez-vous secrets avec un jeune homme, et cela était allé jusqu'au baiser, mais jamais plus loin et surtout pas devant témoins.

Arrivée dans la chambre, Diane put découvrir une vaste pièce joliment décorée avec en son centre un grand lit à baldaquin habillé de rideaux et de draps rouge écarlate. Elle était impressionnée. Jamais elle n'avait vu de telles couleurs dans une chambre.

— La bonne est là. Je vous laisse vous préparer tranquillement et, quand vous serez prête, rejoignez-moi dans le grand salon.

Anne de Lenclos quitta sa chambre en affichant un regard taquin comme à son habitude. Les cheveux de Diane furent bouclés et coiffés de fleurs en tissu. Elle fut vêtue d'une robe rose pâle avec de la dentelle aux manches et au col. Sortie de la pièce, Diane descendit les marches de l'escalier pour rejoindre sa cousine. La demeure de Ninon devait être très prisée car, aux détours des couloirs et des escaliers de marbre, elle ne croisait que du beau monde.

Arrivée dans le grand salon, Diane entendit des rires et des bruits de pièces de monnaie tombant sur les tables. Les invités jouaient aux jeux d'argent, discutaient des rumeurs de la cour et se courtisaient à tout-va. La salle était assez vaste ; elle pouvait accueillir une trentaine de personnes. Les chaises, dont les bordures étaient recouvertes de feuilles d'or, étaient revêtues de velours bleu à motif de fleurs de lys qui rappelaient que le pays était dirigé par un roi. Un grand lustre en cristal ornait le plafond, des plantes vertes poussaient dans les quatre coins de la pièce et un large tapis aux motifs orientaux, importé d'Inde, couvrait le sol. À peine fut-elle entrée dans la pièce que Ninon s'approcha d'elle prestement. Elle lui prit le bras et s'exclama à voix haute pour que tous les convives l'entendent :

— Mes chers amis, je vous présente une nouvelle invitée, ma tendre cousine Diane Marie de Lenclos. Mes amis, soyez courtois, ne profitez pas de son innocence et de sa gentillesse, sinon vous aurez affaire à moi.

Certains invités firent un hochement de tête pour la saluer ; d'autres préférèrent rester concentrés sur leur partie. Toutes deux allèrent s'asseoir à une table de jeu. Diane se contenta de regarder sa cousine et les hommes, de tout rang, jouer. Elle ne comprenait pas les règles de ce jeu, mais appréciait l'ambiance de la table. Joie, rires, moqueries faisaient tomber les barrières sociales. Soudain, un des gentilshommes accoudés à la table se leva, se dirigea vers Ninon et lui murmura des mots à l'oreille. Cette dernière tourna la tête et regarda sa cousine.

— Diane, ma chère, pourriez-vous jouer à ma place ? J'ai une affaire urgente à régler avec M. de Constantin.

— Ninon, je ne sais pas jouer à ces jeux-là ! Je vais perdre l'argent que vous avez engagé ! dit Diane, inquiète.

— Ne vous inquiétez pas, chère damoiselle, répondit l'homme assis à côté d'elle. Je vais vous expliquer les règles.

— Comme c'est aimable de votre part, Bertrand, dit Ninon d'une voix douce. Je vous la confie donc.

Ninon et l'homme aux habits noblement décorés montèrent à l'étage d'un pas rapide, comme si leur temps était compté. Il n'y avait guère besoin de réfléchir longtemps pour savoir ce qu'ils allaient y faire. Mais de ce jeu, Diane ne savait rien.

Désormais, elle se retrouvait seule, entourée d'inconnus. En effet, le comté de Lenclos se trouvait aux abords de grandes forêts et de champs, bien loin de la capitale et des tumultes de la cour de France. Évidemment, elle connaissait la famille royale, ainsi que les conseillers du roi, mais aucune autre famille noble. Jusqu'à maintenant, elle n'avait jamais ressenti l'envie de fréquenter la noblesse. Elle préférait la rêverie et la lecture, en particulier la poésie et les histoires dramatiques.

Un soldat s'invita à sa table. Sa mise était propre et en bon état, ce qui signifiait qu'il séjournait depuis un certain temps dans la capitale.

— Quel joli brin de fille vous êtes, mademoiselle ! dit-il en parlant à Diane.

— Ma cousine est bien plus belle, monsieur, répondit timidement Diane en rougissant.

— Votre cousine est d'une grande beauté, certes, mais vous avez beaucoup plus de charme qu'elle. Un charme envoûtant d'ailleurs, dit Bertrand. Avez-vous déjà un galant ?

— Non, je ne suis pas aussi exubérante qu'Anne.

Le soldat sourit et regarda Bertrand qui se rapprocha de la chaise de Diane. Ce dernier fixa Diane de ses yeux marron pénétrants. Bien que mal à l'aise, elle ne détourna point son regard. D'une voix au timbre amical, il lui expliqua avec une extrême précision le jeu du pharaon. Durant l'exposé, Bertrand glissa sa main gauche dans le dos de la jeune fille. Elle le laissa faire car elle ne voulait pas donner l'impression de s'offusquer pour si peu. Le jeu continua de plus belle à la table. Diane avait de la chance car elle avait une bonne main. Bertrand pencha lentement la tête en direction de la jeune fille, puis rapprocha la bouche de son lobe d'oreille. Pour éviter d'être jugée par les autres personnes dans la salle, Diane se leva prestement de sa chaise et le regarda d'un air dédaigneux.

— Monsieur ! Je vous remercie pour vos explications et

votre compagnie, mais je me sens lasse de mon voyage. Je vais me reposer dans ma chambre en attendant le souper.

— Mademoiselle, vous aviez une bonne main. C'est dommage de partir sur un jeu gagnant !

Diane ramassa toutes les pièces qu'elle avait gagnées et les mit dans sa petite bourse de satin, puis elle quitta le grand salon sans un regard en arrière. À la table de jeu, les gentilshommes qui accompagnaient Bertrand se moquèrent de lui.

— Ma foi, tant pis ! Dommage ! rétorqua Bertrand, qui se dit en son for intérieur que rien n'était encore perdu.

Furieuse d'être prise pour une fille aux mœurs légères, Diane marcha d'un pas décidé jusqu'à sa chambre, claqua la porte et se laissa tomber sur le lit à baldaquin. Sans le remarquer, elle s'endormit aussitôt. Après une sieste de deux heures, elle fut réveillée en sursaut par une personne qui tambourinait à la porte. Elle se leva et ajusta sa coiffure avec ses mains. Elle se dépêcha d'aller ouvrir à l'inconnu qui avait frappé. C'était Ninon, qui venait voir comment elle allait. Son ami Bertrand lui avait raconté que Diane était partie dans sa chambre car elle se sentait mal. La jeune fille la regarda avec des gros yeux, mais ne lui donna pas plus d'explications sur l'attitude de Bertrand. Certainement que, pour Ninon, cela n'aurait pas été grave, voire une bagatelle. Et elle ne voulait pas paraître trop prude aux yeux de sa cousine. Elle lui dit simplement qu'elle se sentait fatiguée du long trajet jusqu'à la capitale et qu'elle voulait être présentable pour le souper. Ninon l'invita à s'asseoir sur la chaise de la coiffeuse. Elle lui ôta les fleurs en tissu de ses cheveux et lui défit son chignon. À travers le miroir, Ninon ne put ignorer le regard absent de sa cousine. Elle respecta un léger silence avant de lui poser la question fatidique, d'un souffle discret :

— Dites-moi, chère cousine, vos histoires d'amour ne sont point là d'un romantisme absolu si j'en crois ce que vous m'avez écrit. Parlez-moi de ce Thibaut d'Artois d'Angoulême. Je voudrais tout savoir sur lui !

Diane leva les yeux. Elle désira répondre à sa cousine, mais sa gorge se serra et les mots qu'elle voulut prononcer ne sortirent pas. Ninon n'était pas dupe. Elle arrêta de brosser sa délicate chevelure, se mit en face d'elle et saisit son doux visage entre ses mains.

— Eh bien, ma cousine ? Que me cachez-vous ?

— Il... il ne m'aime pas. Son amour n'était pas aussi sincère que le mien. Je lui ai ouvert mon cœur, alors que, lui, il ne faisait que s'amuser avec moi.

— Oui, je m'en souviens, vous me l'avez écrit dans votre lettre au mois d'avril. Mais j'aimerais savoir si vous l'avez revu récemment ? Peut-être n'était-ce qu'un malentendu ?

— Non, il l'a écrit noir sur blanc, précisant que nous n'étions pas faits l'un pour l'autre au vu de nos différences de rang, que jamais son père n'accepterait un mariage avec la petite noblesse de campagne. S'il ne peut contredire son père, c'est que son amour pour moi n'est pas aussi fort qu'il le prétendait.

— Ne vous morfondez pas. Il y a plein d'hommes dans ce monde. Il y en aura bien un qui vous aimera pour ce que vous êtes. Vous savez, les hommes ont des obligations que les femmes n'ont pas.

Diane n'était pas totalement convaincue par les paroles de sa cousine. Mais elle essaya néanmoins de ne plus y penser. Après que Ninon eut fini de recoiffer Diane, toutes deux descendirent dans la salle à manger pour y souper en comité de choix.

Sur la table se trouvaient du faisan sur un lit de carottes et de petits pois, ainsi que du pain blanc, des œufs durs, des fruits confits et du gâteau au miel. Pendant le repas, les discussions furent animées. Les convives parlaient des ragots qui circulaient au palais du Louvre, surtout ceux concernant la nouvelle favorite du roi, Mme de La Vallière. Les autres conversations portaient sur le théâtre, l'argent et, bien sûr, les conquêtes amoureuses de chacun. La soirée était conviviale, et Diane réussit à oublier sa peine de cœur pour quelques instants. Le repas terminé, ce fut l'heure d'aller se coucher pour la jeune fille car sa cousine avait un autre programme pour la soirée. Elles se souhaitèrent bonne nuit et se dirigèrent chacune vers leur chambre, Diane pour y passer une nuit douce et sa cousine pour y vivre des moments enflammés.

4

Le soleil se leva bien tôt sur la capitale car ce samedi était le jour le plus long de l'année. Diane, toujours réfugiée dans les bras de Morphée, se fit réveiller par sa cousine.

— Debout ! C'est l'heure d'aller prendre le petit déjeuner, et ensuite nous irons chez la couturière chercher nos robes pour la fête de ce soir ! dit Ninon d'un ton enjoué.

Diane ouvrit les yeux en entendant la voix aiguë de sa cousine. Ninon lui enleva de force son duvet douillet, la sortit du lit, la coiffa et l'habilla sans faire appel à une femme de chambre. Une fois prêtes, les demoiselles allèrent se sustenter sur la terrasse. Sur la table se trouvaient une théière en porcelaine remplie de tisane de sauge et des tasses assorties, ainsi que des fruits de saison et du pain brioché. La collation terminée, les cousines partirent à pied, déambulant dans les rues déjà animées, jusque chez la couturière.

Une fois devant la boutique, Ninon ouvrit la porte avec un grand sourire. La couturière était une de ses amies de longue date, et Ninon lui achetait ses toilettes, confectionnées avec soin. Elle fut la première à essayer une robe de bal. Des manches bouffantes, des bordures brodées de perles blanches et des petits nœuds rouge écarlate décoraient le tissu gris clair. La couturière connaissait très bien ses mensurations, il n'y avait donc aucune retouche à faire. Ce fut le tour de Diane de revêtir sa tenue. La robe était un peu trop large car elle avait une taille plus fine que celle de sa cousine. Malgré le peu de temps qu'il restait pour les retouches, cela ne posa aucun problème à la couturière car elle avait beaucoup d'expérience et travaillait rapidement. La robe de la jeune fille était pourpre avec des manches qui s'arrêtaient avant le coude. De la dentelle raffinée ornait le décolleté ainsi que les manches constituées de deux volants de taille différente. Une bordure en fil d'or était cousue sur les dentelles. Diane se regardait dans le miroir de la boutique et n'en croyait pas ses yeux. Elle n'avait jamais porté pareille tenue et trouvait que ces couleurs illuminaient son visage. Elle redescendit de son petit nuage, se retourna vers Ninon et lui dit d'un ton inquiet :

— Mais, Ninon, je ne possède pas assez d'argent pour vous rembourser cette merveille !

— Ne vous inquiétez de rien, ma chère, répliqua sa cousine d'un ton léger. Je ne veux pas de votre argent. Cela me fait plaisir de vous l'offrir. Elle vous va à ravir.

Ninon paya les tenues et expliqua à la couturière qu'une femme de chambre viendrait chercher la robe de Diane aux alentours de 19 heures. Elles rentrèrent, et la journée passa tranquillement, sans aucune visite, ce qui était étonnant car chez Ninon de Lenclos il y avait toujours du beau monde.

La grande pendule de l'entrée sonna 19 heures. La femme de chambre arriva chez Diane, puis déposa sa nouvelle robe sur le lit. Les deux jeunes femmes se préparèrent pour la soirée, chacune de leur côté car elles souhaitaient garder la surprise de leur toilette. Diane se regarda en détail dans le miroir. Elle ne s'était jamais vue habillée et maquillée aussi joliment. Quelqu'un frappa à la porte. Elle s'avança pour l'ouvrir. C'était Ninon qui se tenait dans l'encadrement, dans toute sa splendeur.

— Diane, je dois dire que cette robe vous va à ravir. Vous êtes tellement belle ! s'extasia Ninon, affichant un regard coquin.

— Vous de même, ma cousine ! Je vous trouve resplendissante. Aucun homme ne pourra vous résister ! lui répondit Diane, émerveillée.

Les deux jeunes femmes quittèrent la demeure, montèrent dans une calèche tirée par quatre chevaux impatients et se rendirent au palais du Luxembourg.

Diane remarqua qu'il y avait déjà beaucoup d'invités, autour desquels se pressaient des valets, dans un ballet de chevaux et de carrosses. Pour descendre de la voiture, elle se fit aider par le cocher qui lui prit la main délicatement. Depuis la cour, elles entendaient résonner la musique ainsi que les rires des convives. Ninon marcha rapidement jusqu'au palais en tirant Diane par le bras. C'était fabuleux ! La salle de bal était remplie de couleurs chatoyantes, de lumières, de rires et de danses. À peine eurent-elles franchi le pas de la porte de la salle principale qu'un homme s'approcha d'elles. C'était celui avec qui Ninon avait passé la nuit dernière, M. de Constantin. Il les salua et invita Ninon à danser. Un autre homme l'accompagnait. Il se présenta à Diane sous le nom d'Armand, comte de Guiche. Diane lui fit la révérence et se présenta à son tour.

— M'accorderiez-vous cette danse ? demanda Armand en lui tendant une main gantée de blanc.

— Volontiers. Je ne suis pas venue à ce bal pour faire tapisserie, répondit Diane en riant.

La soirée était très animée, personne ne s'ennuyait. Vers minuit, les deux jeunes femmes s'arrêtèrent de danser, abandonnant provisoirement leurs cavaliers pour aller s'abreuver de champagne et reprendre leur respiration afin d'éviter de s'évanouir, en partie à cause de leurs corsets très serrés.

Diane n'avait jamais reçu autant de compliments sur ses charmes et son allure. Ses joues la brûlaient à force de rougir.

Chuchotant à l'oreille de Ninon, elle la prévint qu'elle allait sortir un peu car elle avait trop chaud. Sa cousine lui fit un signe de tête d'approbation tout en sirotant son verre.

Diane se faufila alors entre la foule. Dehors, elle prit une grande bouffée d'air frais, qui lui fut bénéfique. Appuyée contre une rambarde, elle observait les nobles qui se promenaient à l'extérieur du palais au milieu des parterres de fleurs d'été et des étangs. D'un seul coup, son cœur s'emballa à la vue d'un couple qui se dirigeait vers l'une des fontaines. Elle reconnut immédiatement le jeune homme à la haute stature. À n'en pas douter, c'était Thibaut d'Artois d'Angoulême. Il était accompagné de la fille du duc du Maine qui lui avait été présentée plus tôt dans la soirée. Elle ne pouvait détourner son regard du couple, comme si elle était hypnotisée. Elle continua à les observer sans savoir si elle souhaitait leur faire connaître sa présence. Puis elle constata que Thibaut approchait son visage de l'oreille de sa compagne, certainement pour lui susurrer quelques mots doux. Sous ses boucles blond vénitien, la jeune femme se mit à rire et posa un doigt sur la bouche de Thibaut en lui répondant quelque chose d'inaudible. Après quelques regards échangés dans la pénombre, ils partirent en direction du labyrinthe. La jeune fille s'agrippa à son bras droit.

La poitrine de Diane se serra, et des larmes commencèrent à couler sur ses joues. Elle se rappelait très bien ce qu'il avait écrit dans la lettre, mais elle n'avait jamais pu l'oublier vraiment. Il lui était impossible d'abandonner ses sentiments pour Thibaut car elle aurait l'impression de s'arracher une partie du cœur. Mais, après ce qu'elle avait vu, elle devait bien se rendre à l'évidence : il lui fallait l'oublier. Un duc avec une duchesse, rien de plus normal pour un mariage. Elle retourna à l'intérieur du palais, et chercha Ninon pour lui dire qu'elle désirait rentrer. Elle ne voulait pas prendre le risque de croiser Thibaut en restant une minute de plus. Ninon, qui avait déjà bien bu, n'avait pas remarqué que le maquillage de sa cousine avait coulé sur son visage. Un peu agacée, elle lui répondit de l'attendre dans la calèche et qu'elle allait bientôt la rejoindre.

Après une trentaine de minutes, Ninon apparut enfin, essoufflée. Elle avait perdu une partie de son rouge à lèvres, certainement sur quelque heureuse bouche masculine. Diane était soulagée de la voir arriver. Pendant le trajet, sa cousine s'endormit sur l'épaule de Diane, qui regardait les maisons enveloppées dans leurs manteaux de nuit. Elles arrivèrent à destination, et une servante accompagna Ninon dans sa chambre en souhaitant la bonne nuit à la jeune femme. Diane marcha au travers des escaliers et des couloirs à pas lents, le regard dans le vague. Dans sa chambre, elle se déshabilla et lança ses vêtements sur la chaise la plus proche. Elle se lava rapidement le visage au savon et à l'eau claire, puis se coucha dans son lit qui lui parut terriblement froid, lui qui d'habitude était si moelleux et chaud. Diane s'endormit difficilement, les yeux embués de larmes.

5

Un mois passa, dans la joie et les festivités estivales de Paris. Par un doux matin nuageux, Diane reçut une longue lettre de sa mère. Elle y apprit que son frère Philippe avait demandé la main de la fille du baron de Breteuil. Sa mère précisait que le mariage allait être organisé à Paris au début du mois d'août et que Diane pouvait rester chez Anne jusqu'à cette date. Elle lui annonçait aussi que son père avait pris la décision de céder ses responsabilités de comte à Philippe, son fils aîné, qui de toute façon était plus mature que Richard. Dans sa missive, la comtesse demandait également à sa fille si elle avait pris une décision concernant son mariage avec le marquis de Montreuil. Elle précisait que ce serait une sage décision d'accepter.

Diane leva les yeux de la lettre, l'air pensif. Que devait-elle faire concernant cette union ? Se laisser « acheter » ? Ou devait-elle garder espoir concernant l'amour que Thibaut lui avait avoué ? Après de longues réflexions dans sa chambre, en se rappelant les mots du dernier pli de Thibaut et ce qu'elle avait vu à la fête au palais du Luxembourg, Diane décida d'accepter ce mariage voulu par sa mère avec le marquis. Elle quitta le petit salon, puis se rendit dans sa chambre pour y ranger la lettre dans un petit coffret en bois précieux. Sur le trajet, elle croisa deux servantes, coiffées de bonnets en coton, qui semblaient promener du linge propre dans leurs paniers en osier. Devant la porte de sa chambre, elle entendit Ninon l'appeler de l'autre bout du couloir, qui était décoré de bouquets de fleurs, offerts par les amants de sa cousine. Cette dernière lui proposa d'aller se promener dans les jardins des Tuileries car les jardiniers du roi venaient de planter de nouvelles sortes de fleurs aux couleurs chatoyantes et aux odeurs délectables. Toujours pensive, Diane n'avait pas vraiment écouté sa cousine.

— Je vais accepter la proposition de mariage avec le marquis de Montreuil, annonça simplement Diane.

— Que... que dites-vous ? répliqua Ninon, étonnée.

— Je vais épouser le marquis, l'homme que ma mère m'a choisi.

— Mais que faites-vous de votre amour sincère pour Thibaut ? Ne vouliez-vous pas épouser un homme uniquement par amour ?

— Après ce que j'ai vu au palais du Luxembourg, j'ai des doutes sur son amour sincère.

— Comment cela, au palais du Luxembourg ? Vous avez vu Thibaut à la fête et vous ne m'avez rien dit ?

— Il n'y avait pas grand-chose à dire, sauf que j'ai eu le cœur brisé une seconde fois.

— Diane, si vous m'aviez dit qu'il était présent, je lui aurais parlé en privé.

— Ma décision est prise. Je ne veux plus vivre d'autres déceptions. Je vais immédiatement répondre à ma mère et je vous rejoindrai ensuite à l'entrée pour notre promenade.

Ninon se contenta de croiser les bras sur sa poitrine et de soupirer. Elle était mécontente de la décision prise par sa jeune cousine. Elle, qui était si romanesque, n'approuvait pas ce choix.

Le ciel s'était légèrement éclairci. Ninon, portant une ombrelle à la main, attendait sa cousine devant la maison. Diane arriva enfin par l'escalier, habillée d'une robe jaune pâle avec de la dentelle. Elle tendit sa lettre à un valet et le somma de l'envoyer au plus vite. Il la prit et sortit de la demeure promptement. Les cousines partirent en calèche, tirée par deux chevaux bais, jusqu'aux Tuileries.

Le Palais-Royal se dressait à l'avant des jardins, et beaucoup de monde se promenait déjà aux alentours du Louvre. Les deux jeunes femmes descendirent de la calèche et marchèrent en direction du parc sans passer par la cour du roi. Bien qu'il y eût quelques nuages, la température était idéale pour se balader. Les bosquets du roi étaient magnifiques. Il n'y en avait pas de plus éblouissant au Royaume de France. Ninon connaissait beaucoup de beau monde, tellement de monde d'ailleurs que pendant la promenade elle ne cessait de saluer les gens qu'elle croisait. Enfin, surtout les hommes. En général, les salutations se terminaient par un clin d'œil de leur part.

Vers l'allée des rosiers, il y avait foule. Autour d'un groupe se tenaient des mousquetaires, ce qui signifiait que le roi Louis XIV était présent. Ninon tira Diane par le bras pour s'avancer au plus près de la foule car se faire remarquer par le souverain pouvait permettre d'avoir quelques signes de gratitude en retour. Dans la tête de Ninon, ce n'était sûrement pas un titre ou de l'argent qu'elle souhaitait.

Elles commencèrent à marcher lentement face au groupe. Ninon faisait tout pour se faire remarquer en adoptant une démarche gracieuse et délicate. En passant à côté du roi, elles s'inclinèrent en baissant la tête, puis se relevèrent. Diane ne put s'empêcher de le regarder droit dans les yeux. Il avait les yeux bruns et une petite moustache. Ses habits étaient fastueux, et ses chaussures avaient des talons rouges. Le souverain salua les deux jeunes femmes en retour et commenta :

— Nous savions que nous avions de belles fleurs dans ce jardin, mais nous ignorions que des beautés plus rares et plus délicates encore pouvaient y pousser !

Il parla à voix haute pour que toute sa cour l'entende et il fixa Diane en souriant. Cette dernière se sentit rougir jusqu'à la racine des cheveux, mais elle perçut surtout les regards noirs portés sur elle par les nobles dames qui accompagnaient le roi. Les deux cousines attendirent que le souverain s'éloigne pour continuer leur balade. Les odeurs étaient divines. Les oiseaux chantaient, et des rires se faisaient entendre à l'intérieur de certains labyrinthes.

Midi avait sonné. Diane et sa cousine se trouvaient à présent vers l'étang des carpes. Il n'y avait plus de nénuphars éclos, mais le bassin restait quand même agréable à observer. Soudain une personne s'approcha des deux jeunes femmes.

— Mesdames, pardonnez-moi de vous importuner pendant votre promenade.

Les deux cousines se tournèrent pour faire face à un homme qui était très grand et portait une perruque brune et bouclée.

— Permettez-moi de me présenter. Henri de Mornay, marquis de Montreuil, dit-il en faisant la révérence.

Diane ouvrit grand les yeux. Ninon remarqua son air figé. Elle avait bien reconnu le nom de ce noble. C'était l'homme que sa cousine avait accepté d'épouser le matin même.

— Enchantée ! Anne de Lenclos, et voici ma jeune cousine, Diane Marie de Lenclos.

— Enchanté ! Mademoiselle, je connais très bien le comte et la comtesse de Lenclos, vos parents. Pourrais-je avoir une petite conversation en privé avec vous ? dit-il à l'intention de Diane.

— Ou... oui, bien sûr ! hésita Diane en regardant Ninon.

Le marquis lui sourit en lui tendant son bras et l'invita à aller de l'autre côté de l'étang pour éviter qu'Anne ne les entende.

— Je sais que la bienséance ne me permet pas de vous parler en l'absence de vos parents à vos côtés, mais sachez que ma demande d'alliance avec votre famille est sincère et que je peux imaginer que l'idée d'épouser un inconnu pourrait vous faire refuser ma demande en mariage. Si votre mère... enfin si Mme la comtesse vous presse d'accepter, je veux que vous sachiez que j'espère que la décision ne viendra que de vous.

— Monsieur, merci d'avoir pris la peine de venir me parler. Cela ne me dérange pas que vous soyez venu vers moi, même si mes parents sont absents. Et puis, de toute manière, ma cousine n'est pas loin. Faire ainsi votre connaissance aura au moins l'avantage que le jour où je vous dirai « oui » je n'épouserai pas un inconnu.

— Vous me flattez, mademoiselle, mais, de grâce, ne soyez pas si hâtive. Vous avez encore le temps de réfléchir à votre réponse.

— C'est tout réfléchi. J'ai justement écrit ce matin à ma mère pour lui faire part de mon assentiment, dit Diane d'un air faussement assuré.

— J'en suis des plus honorés, mademoiselle. Sachez-le.

Le marquis lui fit un baisemain et remit son chapeau en place avant de partir en direction du palais. Diane essaya tant bien que mal de rester fière et souriante. Elle avait pu remarquer que le marquis avait des yeux noirs qui semblaient pouvoir lire dans ses pensées, une mâchoire assez carrée, et une voix chaude et très séduisante. Tous ses préjugés s'étaient envolés en le voyant. Mais le doute s'insinua dans son cœur. Elle se demanda si finalement elle avait fait le bon choix en acceptant d'épouser cet homme.

Elle entendit sa cousine s'approcher d'elle rapidement. Elle secoua la tête pour se remettre les idées en place. Ce matin, elle avait déjà réfléchi à tout cela et elle ne reviendrait pas sur sa décision.

— Que vous a-t-il dit ? Je veux tout savoir ! s'enquit Ninon.

— Il souhaitait simplement se présenter à moi et me dire que le choix de l'épouser m'appartenait.

— C'est tout ? Je pensais qu'il venait vous conter fleurette, lui qui a la réputation d'être un homme de belles paroles. Enfin, c'est ce que les gens racontent sur lui.

Diane se contenta de lui répondre par un haussement d'épaules. Les deux jeunes femmes observèrent le marquis s'éloigner, puis se regardèrent. Il y eut un petit silence gênant, puis elles éclatèrent de rire.

— Je vais bientôt devoir vous appeler « Mme la marquise » en vous faisant la révérence, plaisanta Ninon.

— Je trouve que ce titre me sied à merveille ! renchérit Diane en prenant un faux air hautain.

— Quand même, ma chère, ce qu'il faut retenir de cette matinée, c'est que le roi vous a fait un magnifique compliment et que vous avez rendu verte de jalousie plus d'une femme de sa cour.

Les deux jeunes femmes finirent leur promenade avant de rentrer à la maison poursuivre cette journée qui avait très bien commencé.

6

Diane allait se saisir du heurtoir à tête de lion qui décorait la porte d'entrée de la demeure, quand une femme de chambre ouvrit la porte et s'adressa directement à Ninon.

— Madame, il y a déjà des invités au grand salon !

— Des invités ? interrogea Diane en regardant Ninon.

— Merci, Marie. Sers-leur de quoi s'hydrater. J'ai un rendez-vous de prévu que je ne puis dignement reporter.

— Anne, vous avez organisé une fête ? demanda Diane.

— Oui, bien sûr ! Je ne vous ai pas prévenue ?

— Non.

— Rien de grave, rassurez-vous. Vous pouvez aller changer de toilette pour l'occasion. Mettez votre robe pourpre, vous serez ravissante ! Je vous revois tout à l'heure.

Ninon embrassa sa cousine sur le front et repartit sans mentionner sa destination. La femme de chambre pria Diane de rentrer afin qu'elle puisse refermer la porte et continuer son ouvrage. Diane s'excusa, pénétra à l'intérieur et regarda la bonne partir en direction de la cuisine. La curiosité était un vilain défaut, mais Diane voulait savoir qui était déjà présent. Elle longea sans un bruit le mur du couloir qui menait au salon. Cachée derrière une des deux portes qui était encore fermée, elle avança furtivement la tête pour observer les convives. Il y avait quelques figures familières, mais impossible pour elle de mettre des noms sur tous les visages.

— Ce n'est pas poli d'espionner ainsi les gens !

Prise en flagrant délit, Diane sursauta et fit volte-face pour regarder qui était son interlocuteur. Elle se détendit rapidement en voyant que c'était Bertrand. Elle prit une expression neutre et croisa les bras sur la poitrine. Elle ne l'aimait pas et ne voulait pas lui plaire.

— Je n'espionnais point, monsieur. Je me renseignais sur les personnes présentes à la fête donnée par ma cousine.

— Oui, bien entendu, répliqua Bertrand, qui ne semblait pas convaincu par ses explications. Votre cousine n'étant pas là, serait-ce vous notre hôtesse ?

— Non, je ne le suis pas, car je suis moi-même une invitée. Mais comment savez-vous qu'Anne est absente ?

— Je l'ai vue partir en calèche quand je suis arrivé.

Diane décroisa les bras et quitta dignement le couloir.

— Je dois aller changer de toilette pour la soirée. Veuillez m'excuser.

Elle partit en direction de l'escalier et gravit une marche après l'autre, doucement. À mi-chemin, elle entendit des bruits de pas derrière elle. Quand elle se retourna, Bertrand était à sa hauteur, l'air sérieux. Il s'avança encore, jusqu'à ce que Diane soit acculée contre la balustrade. Il se pencha vers elle et prit appui sur la rambarde de pierre tout en posant ses mains de chaque côté de son corps délicat.

— Vous êtes un fruit si enivrant ! Je voudrais pouvoir en croquer chaque partie, de la plus douce à la plus chaude, dit-il d'une voix suave.

Il approcha son visage. Ses lèvres charnues s'ouvrirent légèrement pour se presser contre celles de Diane. Avant même qu'il ait atteint son but, il sentit un courant d'air près de son oreille gauche, puis sa joue se fit douloureuse. Sans prévenir, Diane venait de lui donner un soufflet magistral. Elle ne bougea pas, attendant de voir sa réaction. Il ne s'énerva pas. Il respirait lentement pour se détendre. Il toucha sa joue endolorie, et Diane en profita pour se dégager de son étreinte. Elle monta les marches presque en courant pour rejoindre sa chambre et s'y enfermer. Bertrand, quant à lui, remit sa veste en place et rejoignit le salon comme si rien ne s'était passé. Il n'avait pas l'air fâché du tout. Il n'en était certainement pas à son premier camouflet.

Dans sa chambre, Diane resta adossée à la porte, reprenant sa respiration. Le monde était peuplé de mufles, et Bertrand en faisait partie. Peut-être qu'habiter dans cette maison laissait sous-entendre qu'elle était ouverte d'esprit et de corps. Si Richard et Philippe avaient été présents, cette situation ne se serait jamais produite. En même temps, toutes les belles choses qu'elle avait vécues avec Ninon ces derniers temps ne seraient également pas arrivées si ses frères avaient été là. Diane prit sur elle. Elle était forte. Si Bertrand lui refaisait des avances, elle le repousserait plus violemment encore.

Voulant faire plaisir à sa cousine, Diane se prépara pour la fête. Devant son miroir, elle se poudra le nez et rougit sa bouche. Elle recoiffa ses boucles et ajouta dans sa chevelure des nœuds assortis à la robe pourpre. La toilette étant compliquée à mettre, Diane appela une femme de chambre pour l'aider à s'habiller. La tenue réajustée, elle mit ses souliers blancs à talon. Avant que la bonne ne sorte, Diane lui demanda de la prévenir quand Anne de Lenclos serait de retour. En attendant, la jeune fille écrivit une lettre à ses frères. Elle voulait leur annoncer, avant sa mère, son mariage prochain avec le marquis de Montreuil. Elle leur demanda de lui pardonner son choix qui allait contre ses principes, et leur dit que, malheureusement, tout le monde n'avait pas la chance de faire un mariage d'amour. Elle espérait les savoir en bonne santé et souhaitait les revoir bientôt. La missive signée et cachetée, Diane ouvrit la porte de sa chambre puis guetta le passage d'un domestique. Ne voyant personne, elle sortit, marchant dans les couloirs à la recherche d'un serviteur. Elle trouva un valet qui se rendait au salon.

— S'il vous plaît, dit Diane à voix basse, pouvez-vous envoyer cette lettre ?

L'homme posa son plateau sur une petite table en bois de cèdre qui se trouvait à côté de lui. Il monta vers Diane d'une manière nonchalante et prit la lettre à deux mains.

— Madame, auriez-vous besoin d'autre chose ? demanda le valet au visage ridé.

— Non, ça sera tout, merci.

Diane repartit discrètement dans sa chambre. S'asseyant sur son lit, elle pensa au marquis. Il était plutôt charmant, mais elle n'avait rien ressenti en le voyant. Peut-être qu'avec le temps elle allait apprendre à l'aimer. Elle regarda les hirondelles qui virevoltaient derrière la fenêtre. Cette danse fut comme une douce berceuse, et Diane s'endormit sur son oreiller moelleux.

Toc, toc, toc. Quelqu'un frappa une première fois à la porte, mais elle ne se réveilla pas. Toc, toc, toc. Une seconde fois, mais plus fortement. À ce moment-là, Diane émergea doucement de son sommeil. Le battant s'ouvrit sans attendre sa réponse. Ninon entra. Elle était fâchée. Diane remarqua, à travers ses yeux mi-clos, qu'elle avait déjà changé sa toilette pour la fête.

— Que faisiez-vous, ma chère ? Pourquoi n'êtes-vous pas en bas avec les convives ? dit Ninon d'un ton sérieux.

— Je voulais vous attendre ! répondit Diane en se levant du lit.

— Un jour il vous faudra corriger cette timidité. Vous allez tout de même devenir marquise !

— Oui, vous avez raison. Excusez-moi, Ninon.

Ninon referma la porte, obligea sa cousine à s'asseoir et la recoiffa. Ensuite, d'un geste du doigt, elle désigna le battant.

Elle ne plaisante pas, pensa Diane qui se leva de sa chaise et partit en direction de la sortie. Elle avait l'impression d'être à nouveau une petite fille qui se faisait gronder par sa mère.

Avant d'arriver dans le salon, Ninon saisit le poignet de sa cousine, ouvrit son éventail et cacha leurs visages.

— Vous allez me faire plaisir en montrant à tout le monde vos charmes et le peu de hardiesse qu'il y a en vous. Sous vos airs angéliques, vous n'êtes certainement pas une sainte. Alors maintenant, tenez-vous droite et levez le menton.

Ninon poussa gentiment sa cousine pour qu'elle entre la première dans le salon de jeu. La salle était décorée de bouquets de lys, en plus des compositions de roses qui l'ornaient habituellement. Une odeur divine imprégnait le salon fastueux. Quand Diane apparut, les regards se tournèrent dans sa direction et le silence se fit. Ninon se montra ensuite en éventant son visage fardé à outrance.

— Mes chers convives, je vous remercie d'être présents à cette réception ! Mais avant de commencer la soirée, je voulais vous annoncer que ma cousine, Diane, sera bientôt marquise par mariage !

Les invités la félicitèrent en tapant dans leurs mains. Certains s'en amusèrent derrière leurs cartes à jouer ou, pour les dames, leurs éventails. Diane essayait tant bien que mal de ne pas rougir. Elle ne s'attendait pas à cette annonce publique de ses futures noces. Pour s'aider, elle se répétait dans la tête : *Plus de charme, plus d'audace.* Quelques hommes s'approchèrent d'elle pour la féliciter en personne et lui firent un baisemain. Ninon regardait Diane en coin pour la surveiller afin qu'elle ne fasse pas l'ingénue. Mais ce ne fut point le cas. Diane souriait de sa délicate bouche, ses joues n'étaient plus rouges et son regard pouvait charmer toute la salle. Anne était fière de sa cousine. Elle l'avait écoutée et avait appliqué ses recommandations, ou plutôt ses ordres.

— Madame ! À défaut de pouvoir me donner un baiser, voulez-vous bien ouvrir la partie de pharaon à mes côtés ? dit un gentilhomme à Diane.

— Bien volontiers, monsieur. Mais à vos risques et périls. Il paraît que j'ai la chance du débutant ! répondit Diane en regardant Bertrand assis dans un fauteuil à côté de la porte.

Ce dernier ne rétorqua rien. Il se contenta de lui sourire en portant son verre de vin rouge à ses lèvres. Diane alla s'asseoir à l'une des tables de jeu avec le gentilhomme. Autour de celle-ci, il y avait six joueurs expérimentés. Ils voulurent miser de grandes sommes d'argent, mais Diane refusa car elle n'en possédait pas autant. Ils lui proposèrent alors, en tant que future mariée, de lui faire ce cadeau. Les cartes furent distribuées, et le jeu commença.

Trois musiciens étaient présents pour animer la soirée. L'un était assis devant le clavecin que possédait Ninon, héritage de son défunt père, et deux autres tenaient un violon. Les hommes jouèrent de la musique baroque toute la soirée. De temps en temps, une servante leur apportait de quoi s'hydrater. Les tables et les chaises du salon avaient été disposées de manière à permettre aux convives de danser au centre de la pièce sans encombre.

La soirée avait très bien commencé. Le vin coulait à flots, la séduction était partout dans l'air.

— Gagné ! cria Diane une fois de plus.

— Je vois que madame a toujours la chance du débutant. Je ferais mieux de me retirer du jeu avant de tout perdre et de devoir vous donner les clés de ma demeure.

Un homme se leva, s'inclina et partit danser avec une baronne qui le regardait intensément depuis le début de la partie. Diane était plutôt enjouée à l'idée de remporter aussi facilement les parties.

— Il est vrai que j'ai beaucoup de chance, ou peut-être sais-je simplement bien jouer.

— Je pense que madame a un don pour le jeu ! dit la comtesse d'Olonne en redonnant des cartes à Diane.

— Je pense que vous avez raison, madame. J'ai un don, et désormais plus personne ne voudra jouer à mes côtés ! dit Diane avec un sourire, en distribuant les cartes.

Assis dans un fauteuil, Bertrand écoutait la conversation. Sa fierté fut touchée de plein fouet. C'était lui qui lui avait appris à jouer au pharaon à son arrivée chez Ninon, et maintenant il semblait le regretter. Une musique de Jean-Baptiste Lully fut jouée par les musiciens habiles. Ninon, toujours pleine d'énergie, incita tout le monde à danser. Les invités posèrent leur verre ou bien se levèrent de leur siège pour se rendre au centre de la pièce. Diane prit le temps de ranger son argent dans sa petite bourse en satin blanc. Ce fut à ce moment-là que Bertrand s'approcha d'elle.

— Voulez-vous bien m'accorder cette danse, mademoiselle ? dit-il en tendant la main.

— Monsieur, pour rien au monde je ne danserais avec vous, après votre malheureuse tentative de tout à l'heure !

Elle accrocha son réticule plein à son poignet et s'approcha du comte de Guiche qui n'avait pas encore trouvé de cavalière.

Le duo se positionna dans les deux lignes formées par les danseurs. La musique résonna dans la salle, et tous se mirent à danser une ronde dans un parfait ensemble. Des rires se faisaient entendre, le claquement des souliers à talon sur le parquet ricochait contre les murs, et les frottements des tissus nobles des robes émettaient un son rythmé sur la musique. Diane s'amusait beaucoup. Avant la troisième danse, la future marquise sortit des rangs pour s'hydrater. Bertrand, qui n'avait participé à aucune danse, s'avança, comme un loup fondant sur sa proie.

— Qui est l'homme que vous allez épouser ?

— Un marquis, puisque je vais devenir marquise, répondit-elle, sans autre détail, en buvant son verre d'eau.

— Certes, mais qui donc ?

— M. Henri de Mornay, marquis de Montreuil.

Bertrand se figea. Son visage lumineux s'éteignit subitement. Il la quitta sans dire un mot. Il alla s'excuser auprès de Ninon qui était dans la danse et partit en hâte. Diane ne comprenait pas ce qui venait de se passer. Bien que les états d'âme de Bertrand lui importent peu, elle se demandait ce qu'elle avait pu dire pour qu'il soit troublé de la sorte.

À la fin de la soirée, qui fut bien animée, Diane interrogea Ninon à propos du départ soudain de Bertrand. Il lui avait simplement dit qu'il avait un rendez-vous privé et qu'il devait y aller sans plus attendre. Elle était insatisfaite de ces explications, mais sa curiosité devait se contenter de cette réponse. Ninon, qui était bien éméchée, somma Diane d'installer tous les convives qui désiraient rester dans les chambres libres car elle refusait que quiconque dorme inconfortablement dans ses murs. Elle-même se sentait bien incapable de tenir son rôle d'hôtesse dans son état. Diane s'exécuta sans plus attendre. Les derniers à placer étaient ceux qui dormaient déjà sur les fauteuils, et la tâche ne fut point aisée. Diane demanda de l'aide à un valet pour les amener les uns après les autres dans les chambres. Sa corvée finie, la jeune femme monta dans sa propre chambre, seule. Elle se déshabilla, mais ne se décoiffa pas. Elle se sentait épuisée. Elle s'endormit rapidement en pensant aux futures fêtes auxquelles elle assisterait avec sa cousine.

7

Le jour du mariage de Philippe arriva. Le comte et la comtesse étaient arrivés la veille. Ils logeaient tous chez Ninon, mis à part la future mariée. En effet, Anne possédait assez de chambres pour accueillir sa famille, le peu de famille qu'il lui restait d'ailleurs car sa mère était décédée en couches et son père était mort quelques années plus tard de maladie en prison. Il avait été emprisonné pour avoir fui l'armée. Retrouver son oncle et sa tante était toujours un plaisir pour elle. Les voir lui rappelait qu'elle n'était pas seule.

Parmi les personnes invitées au mariage de Philippe et de Charlotte de Breteuil se trouvait le futur époux de Diane. À la fin de la cérémonie, qui se déroula à la perfection, le comte partit discuter avec le marquis à propos des noces. Diane n'était pas dans la confidence. Elle ne pouvait prendre aucune décision concernant son mariage, comme toutes les femmes de son époque. À la fin de leur conversation, Henri s'approcha de Diane pour la saluer. D'un sourire des plus charmants il lui demanda si elle appréciait les perles. La future mariée trouva cette question un peu étrange, mais y répondit par l'affirmative. Ayant obtenu la réponse qu'il souhaitait, Henri partit car il était attendu ailleurs. Il félicita encore les jeunes époux pour leur magnifique mariage et baisa la main de Diane avant de disparaître.

La famille de Lenclos était à Paris à peine depuis cinq jours que le mariage de deux de leurs enfants fut célébré en grande pompe. Le 20 août, le contrat de mariage et les fiançailles de Diane et d'Henri furent signés au Louvre dans la chambre du roi, en présence d'un prêtre. Le 21 août au matin, la future marquise fut habillée par une des bonnes de Ninon qui insista pour s'occuper elle-même de sa coiffure. Elle la coiffa d'un chignon avec quelques boucles en dessous. Elle posa sur sa tête une tiare de perles par-dessus un grand voile brodé aux extrémités, qui descendait jusqu'en bas de la robe. L'habit de brocart ivoire, enrichi de perles fines, avait été offert par M. le marquis lui-même. Un maquillage très léger couvrait son visage. Ninon ajouta une touche de parfum à la rose sur son cou dénudé et sur ses poignets. Une fois sa toilette revêtue, Diane descendit lentement l'escalier, suivie par sa cousine. Elles rejoignirent sa mère et sa belle-sœur, qui les attendaient déjà dans le carrosse.

À l'église, Diane, magnifique dans sa robe, marcha le long de l'allée, précédée par Ninon qui jetait des pétales de rose blancs sur le sol. Henri l'attendait devant l'autel. Le prêtre se tenait à côté, l'air sérieux. Le marié portait un costume bleu nuit orné de quelques médailles militaires. Il se coiffait toujours d'une perruque, mais cette fois-ci elle était de couleur grise. À sa ceinture pendait une épée dans un fourreau en cuir noir et or. Plus Diane avançait, plus son cœur battait. Ses mains tremblaient, tout comme ses jambes. Henri lui tendit sa main gauche en souriant. Elle lui rendit son sourire en lui prenant la main et lui fit face. Elle jeta furtivement un regard à la salle et remarqua qu'il y avait quelqu'un assis au premier rang qu'elle n'aurait jamais pensé voir à son mariage : Bertrand. Que faisait-il là ?

L'homme d'église commença la cérémonie en chantant. Puis vint le moment où Diane et Henri prononcèrent leurs vœux. La mariée promit fidélité et bonheur à son époux. Le marquis lui jura protection et honnêteté. Puis le prêtre bénit cette union sous la grâce du Dieu tout-puissant. Henri baisa délicatement le front de son épouse. Les invités se levèrent, s'avancèrent vers le nouveau couple et adressèrent leurs félicitations à la marquise et au marquis. Les parents de Diane avaient les larmes aux yeux. Philippe et son épouse la félicitèrent en lui disant que son mariage avait été aussi merveilleux que le leur. Richard, tout sourires, la serra dans ses bras à lui faire tomber sa tiare. Et vint le tour de Bertrand.

— Je vous félicite, mon frère, pour ce beau mariage. Et madame, bienvenue dans la famille de Mornay. Puissiez-vous vivre heureuse à jamais.

Bertrand s'inclina et sortit de l'église avec un air qui déplut à Diane. Ses manières ne lui plaisaient pas, et voilà que maintenant il devenait son beau-frère.

Désormais, Diane était devenue marquise de Montreuil et allait habiter au château du même nom. Après les noces, les amis, la famille et les mariés firent le trajet en carrosse jusqu'au domaine. Ce fut plus rapide qu'elle ne le pensait. Ils arrivèrent dans la cour du château, où les serviteurs du marquis attendaient la nouvelle épouse, alignés dans l'escalier de l'entrée. Les femmes lui souriaient, et les hommes se courbèrent. Diane entendit dans des murmures :

— Bienvenue, madame la marquise !

Dans l'entrée, Henri lui présenta son bras, puis lui fit visiter le château, suivi des convives. Les salons étaient fort nombreux et tous décorés de manière différente. La bibliothèque en bois foncé et précieux était au moins trois fois plus grande que celle de ses parents. La demeure disposait de deux salles à manger : une petite pouvant accueillir une dizaine de personnes et une grande utilisée pour les festivités. La salle de bal avait un sol en marbre et quelques colonnes dans un style romain.

Il continua la visite par les jardins, plus grands que chez ses parents. Il y avait des étangs, des vignes, des arbres fruitiers et des roseraies. À l'arrière du château se trouvait également une forêt domaniale.

Dans la grande salle à manger, un banquet était dressé, animé par des musiciens. Tous mangèrent dans la joie et la bonne humeur, à l'exception de Bertrand, qui ne souriait pas et ne faisait que boire vin et liqueur.

Après le repas, les mariés ouvrirent le bal. Tout le monde dansait, et Diane ne s'arrêta pas une seule fois. Tous les convives voulaient danser avec elle.

— Quelle grâce ! dit Charlotte à Philippe.

— Merci pour elle. C'est vrai qu'elle rayonne.

— J'espère qu'elle sera aussi heureuse que nous le sommes.

— Je l'espère aussi pour elle, répondit Philippe en regardant sa petite sœur tournoyer jusqu'à épuisement.

Les festivités terminées, ce fut l'heure de la cérémonie du coucher. Sa mère, sa belle-sœur et d'autres femmes mariées accompagnèrent Diane dans la chambre conjugale. Sa mère et une noble déshabillèrent Diane sans la regarder, puis la décoiffèrent et brossèrent ses longs cheveux ondulés. Charlotte lui lava les mains et le visage à l'aide d'un linge fin, puis lui fit revêtir une chemise à longues manches. Sa mère déposa à plat sur le lit un drap de coton blanc qui, une fois taché de sang, prouverait sa virginité.

Le marquis entra dans la pièce, vêtu d'une robe de chambre brodée. Il prit la main de Diane, la baisa et lui indiqua le lit. Les yeux écarquillés, Diane fixa le marquis, puis Charlotte. Elle pensait qu'il attendrait quelques jours avant d'accomplir le devoir conjugal. Diane était nerveuse. Elle n'avait jamais parlé de ces choses intimes avec sa mère. En revanche, Ninon les évoquait assez souvent, et Diane avait quand même une bonne idée de ce qui allait se passer. Sur le moment, elle était triste de savoir que sa première fois allait se faire sans amour véritable mais seulement par nécessité. La mère de Diane lui embrassa le front, les yeux larmoyants, et Charlotte lui souhaita « bonne chance » à l'oreille. Toutes les dames quittèrent la chambre, laissant le couple seul.

Le marquis délaissa sa robe de chambre et sa perruque, qu'il posa sur le bureau. Il avait les cheveux très courts, mais pas au point d'en avoir honte. Il regarda Diane dans les yeux et se glissa entre les draps. Il caressa son délicat visage, avec une voix affectueuse.

—Ne vous inquiétez pas, madame. Tout se passera bien.

Sa main commença à descendre le long de son corps, jusqu'à atteindre son genou droit. Il remonta alors doucement la chemise de Diane, se mit au-dessus d'elle, la regarda intensément et l'embrassa dans le cou. Puis, sans ménagement, il la pénétra. Un gémissement sortit de la bouche de Diane qui avait mal. Pour ne point froisser son époux, elle dissimula son visage crispé sous ses mains. Après de longues minutes, le marquis, qui transpirait, finit par se retirer. Il remonta sa culotte, puis saisit sa robe de chambre. Il demanda gentiment à Diane de bien vouloir sortir du lit, pour constater si le drap était taché de sang. À sa grande joie, ce fut le cas. Il prit le tissu, embrassa le front de sa femme et sortit de la chambre en la laissant seule.

— Est-ce une pucelle ? demanda Bertrand à l'oreille d'Henri.

— Silence, mon frère ! Respectez la marquise ! s'énerva le jeune époux en regardant son frère droit dans les yeux.

Il reprit ses esprits et continua :

— Messieurs, suivez-moi dans le petit salon pour fêter cela entre hommes.

Henri tendit la preuve à la mère de Diane avec un grand sourire. Le comte regarda sa femme, qui lui montra le drap taché. Le père était fier de l'éducation qu'ils avaient donnée à leur fille. Il sortit rejoindre le marquis à l'étage inférieur.

8

Trois mois passèrent dans la nouvelle demeure de la jeune mariée. Durant ce temps, Diane apprit à connaître les passions de son époux. Il adorait la chasse, surtout quand il était accompagné du roi. Il aimait le théâtre et la comédie. C'était un homme de goût.

— Henri, puis-je vous demander pourquoi votre choix s'est porté sur moi ? questionna Diane.

— Premièrement, parce que j'avais une dette envers votre père. Deuxièmement – Henri réfléchit un instant –, pour votre doux visage et votre jeunesse.

Diane s'attendait à un peu plus de romantisme dans sa réponse, mais elle apprécia sa sincérité.

— Quelle est cette dette que vous avez envers mon père ?

Mais Henri n'écouta pas sa question. Il semblait anxieux et annonça une mauvaise nouvelle :

— Diane, je souhaiterais pouvoir vous préserver, mais malheureusement je ne trouve pas les mots appropriés. J'ai une maladie grave qui ne peut être guérie. Mon temps est compté, mais je ne désespère pas. La vie a plus de saveur sachant qu'il y a une fin, et c'est pour cela que je souhaite profiter de chaque instant qu'il me reste. Pour que cela fonctionne et que ma réputation reste intacte, je vous conjure de garder ma maladie secrète.

Diane ne put s'empêcher de ressentir de l'empathie envers son époux. Elle se mit à genoux devant ses pieds en lui tenant les mains.

— Quelle triste nouvelle, Henri ! Je garderai votre secret et je vous promets que je resterai à vos côtés jusqu'à la fin.

La compassion de Diane toucha profondément le marquis.

— Je ne pouvais choisir une épouse plus dévouée et fidèle que vous-même. Je vous en remercie. Et j'espère qu'avant ma fin vous me donnerez un fils que je pourrai chérir quelque temps.

Le lendemain, le marquis reçut une missive du roi lui ordonnant de revenir au Louvre pour affaires. La jeune marquise prit son devoir de maîtresse de maison au sérieux. Elle ordonna aux serviteurs de préparer les valises et les chevaux pour le voyage jusqu'à Paris. En une heure les bagages furent prêts et déposés dans le carrosse.

Durant le chemin, sous la pluie fine de l'automne, le marquis n'arrêtait pas de tousser, ce qui inquiéta Diane. La jeune femme sortit un mouchoir de sa bourse verte brodée de perles et le donna à son époux.

— Monsieur, avez-vous pris votre potion ce matin ? questionna Diane.

— Oui, ma chère, ne vous inquiétez pas pour moi. Cela fait maintenant trois ans que je prends cette concoction au réveil pour soulager mes douleurs. Mais j'ai l'impression qu'elle est de moins en moins efficace.

— Trois ans déjà ?

— Oui. Je voulais vous épargner les détails mais, vu que vous êtes mon épouse, à présent je serai honnête. J'ai une maladie aux poumons et, d'après les médecins, cela s'appellerait un cancer. Il n'y a rien à faire si ce n'est m'enlever les poumons, ce qui serait compliqué pour respirer, vous en conviendrez.

Diane sentit son cœur battre dans sa poitrine. Elle n'avait encore jamais entendu parler de cette maladie. Savoir que les jours de son époux étaient comptés l'attrista au plus haut point. Elle passa la fin du trajet dans le silence, à bouger entre ses doigts les cordons en satin de sa bourse, en pensant à ce qu'elle deviendrait si le marquis venait à décéder.

À peine furent-ils arrivés au Louvre que le marquis laissa son épouse s'occuper de l'aménagement des pièces qui avaient été mises à leur disposition. Diane accéda aux appartements et ordonna aux serviteurs de déposer les malles à différents endroits. Elle demanda même à la femme de chambre de lui préparer une nouvelle toilette car les vêtements de voyage n'étaient pas assez fastueux pour la cour.

Pendant que le marquis parlait du royaume avec le roi et les autres conseillers, Diane se familiarisait avec le palais du Louvre. Elle y rencontra des nobles avec lesquels elle sympathisa. La bâtisse était très grande mais, bien qu'elle fût dignement décorée, elle semblait froide. En revanche, les jardins, que Diane avait déjà visités avec sa cousine, étaient chaleureux et reposants, même en automne.

Vers la fin du mois de novembre, au moment du déjeuner, le marquis reçut une invitation du roi pour une chasse à courre. Il n'attendait que cela. Il pria Diane d'accepter de l'accompagner. Il voulait lui faire connaître sa passion. De plus, la compagnie du roi était fort agréable car, dans ces moments de liberté, le souverain était plus un homme qu'un roi. La marquise accepta sans hésiter. Elle savait qu'un tel honneur ne se refusait pas. Elle partit donc s'habiller en conséquence.

Diane arriva aux écuries, tout habillée de noir pour la chasse, et un palefrenier lui tendit les rênes d'une jument de couleur dorée. Le marquis, déjà perché sur un étalon magnifique – un cadeau du roi pour service rendu à la Couronne de France –, s'approcha des autres nobles. Diane monta sur sa selle en amazone, et immédiatement après Louis XIV arriva sur son cheval, accompagné par deux gardes.

— Mes seigneurs ! Aujourd'hui nous allons chasser le sanglier ! s'exclama tout haut le roi. Allons-y !

Les nobles se pressèrent autour de lui, et tous partirent au galop vers le bois de Vincennes. Certains d'entre eux, une dizaine au plus, étaient accompagnés de lévriers. Ces petits chiens de chasse, courageux et au flair infatigable, aboyaient et entouraient les chevaux. Le roi avait l'air joyeux, ses traits étaient détendus et il souriait. Au loin il aperçut un sanglier. Il commença à viser l'animal avec son fusil.

— Mes amis ! Ce soir, le dîner sera composé de sanglier aux petits pois ! dit le roi. Haro, haro !

Le souverain tira. Il manqua le sanglier qui avait brusquement changé de direction. Le roi ne s'énerva pas, resta calme et prit le nouveau fusil que lui tendait un de ses gardes. Les chiens s'arrêtèrent. Ils avaient perdu la piste du sanglier, mais continuaient à renifler le sol humide de leur truffe. Soudain une voix se fit entendre au loin :

— Sire !

La voix s'approchait au son du galop d'un cheval.

— Sire ! Pardonnez mon retard ! Veuillez accepter mes plus sincères excuses.

L'homme s'inclina devant le roi.

— Nous acceptons vos excuses, monsieur. Pour vous faire pardonner, mon cher cousin, il vous faudra trouver le prochain sanglier.

L'homme sourit et fit un signe de tête approbateur. Diane leva ses yeux des lévriers essoufflés pour regarder qui était le nouveau venu. Son cœur se mit à battre très fort dans sa poitrine. Elle avait chaud, et ses mains devinrent moites. Son regard croisa celui du retardataire. Cet homme n'était autre que Thibaut.

Diane était ébahie. Elle ne put décrocher son regard du sien. Un flot de sentiments s'entremêlaient en elle, entre amour, tristesse et rancœur. Thibaut, de son côté, avait l'air surpris. Il ne comprenait pas pourquoi Diane de Lenclos était ici, à cette partie de chasse avec le roi. Le marquis se mit en travers de leur chemin.

— Diane, allez-vous bien ? Vous êtes aussi pâle que le marbre, s'inquiéta-t-il.

— Oui, je me sens bien. J'ai simplement de la peine à respirer, car mon corset est trop serré. Ne vous inquiétez pas, je serai prudente, répondit-elle.

Le marquis fixa le nouveau venu qui détourna le regard rapidement. Il observa à nouveau son épouse qui reprenait son souffle les yeux fermés. Son visage commençait à reprendre des couleurs.

9

La chasse reprit son cours, et Diane avait la forte sensation d'être observée. Quand elle tourna la tête, elle vit Thibaut qui la regardait. Elle se retourna très vite, et ses joues devinrent pourpres. Il avait fière allure sur son cheval blanc, avec ses longs cheveux ondulés sous son chapeau de mousquetaire.

Les chiens les menaient dans une forêt un peu plus dense. Les nobles commencèrent à se séparer par petits groupes. Le roi insista pour continuer à suivre le sanglier, car il n'aimait pas rentrer bredouille. Il ne terminait jamais sur un échec. Dans la frénésie de la chasse, Diane se retrouva seule dans un coin de forêt difficile d'accès. Elle s'arrêta, regarda à droite, puis à gauche. Personne. Mais elle entendait toujours au loin les chiens aboyer. Elle ne paniqua pas le moins du monde. Elle fit avancer sa jument doucement en direction des aboiements. Les feuilles mortes crissèrent sous les pas du cheval, des ronces s'accrochèrent à sa robe et des branches d'arbres craquèrent derrière elle de plus en plus près. Quand le bruit lui parut très proche, elle se retourna. C'était l'homme pour qui son cœur avait battu tout un printemps.

— Je suis bien surpris de vous voir ici, madame, dit Thibaut d'un ton suffisant.

— Moi de même, monsieur. Mais comment savez-vous que je suis « madame » à présent, vous qui disiez dans votre dernier courrier ne plus vouloir de mes nouvelles ? répondit Diane d'un ton amer.

— Ma dernière lettre ? Madame, je vous ai écrit de nombreuses lettres qui sont restées sans réponse de votre part. Et dans aucune d'elles je n'ai mentionné le désir de ne jamais vous revoir.

— Je n'ai jamais reçu ces plis. Pour vous enlever le doute, vous auriez très bien pu me rendre visite. Des lettres qui se perdent, c'est assez fréquent.

— Je ne vous ai pas rendu visite car je pensais que vous ne cherchiez que la renommée à travers mon rang.

— Je vous ai donc laissé cette impression avant de nous quitter ?

— Avant de nous quitter, non. Mais quand j'ai appris que vous vous étiez mariée avec un marquis, qui est lui-même un conseiller du roi, oui, je l'ai pensé !

Diane ne savait plus quoi dire. Cette situation était des plus embarrassantes. Si quelqu'un les surprenait seuls, que penserait-il ? Perdue dans ses pensées, elle plongea son regard dans celui de Thibaut. Son cœur se mit à battre rapidement. Le jeune homme approcha son cheval. Il était désormais très proche de Diane. Avec hésitation, Thibaut approcha sa bouche des lèvres rosées de la jeune femme. Le temps était comme suspendu. Leurs souffles désormais lents s'entremêlaient, et leurs yeux mi-clos se perdaient dans un désir enfoui. Avant même que leurs bouches ne se collent, Diane recula son visage, laissant Thibaut dans l'incompréhension totale.

— Nous ne pouvons pas, monsieur, murmura Diane en tournant la tête. Aidez-moi simplement à sortir de cette forêt, s'il vous plaît.

Ses yeux brillants le supplièrent d'accepter sa requête. Thibaut ne dit mot. Les deux jeunes gens se regardèrent dans les yeux sans parler. Un craquement de branches les ramena à la réalité. Au loin, ils entendirent quelqu'un crier leurs noms. Thibaut se redressa sur son étalon et prit les rênes de la jument. Ils avancèrent vers les appels. Quand ils furent sortis de la forêt dense, ils aperçurent le marquis qui avait un air suspicieux. Il se dirigea vers Diane.

— Ma chère ! Où étiez-vous donc passée ? questionna le marquis. Nous nous sommes inquiétés !

— J'étais à proximité de la marquise quand j'ai compris qu'elle semblait perdue. Je me suis donc empressé de saisir la bride de son cheval pour la ramener sans encombre, répondit Thibaut.

— Ce n'est point à vous que j'ai posé la question ! Mais je vous remercie de l'avoir retrouvée, monsieur.

Le marquis prit les brides du cheval des mains de Thibaut. Diane, quant à elle, préféra ne croiser aucun regard car tout pouvait la trahir dans ses émotions. Quant à Thibaut, il se dirigea vers le roi pour le féliciter de sa prise, un énorme sanglier avec des défenses longues comme des couteaux. La bête fut attachée, et tous les nobles retournèrent au château.

En s'approchant des écuries, Diane recommença à devenir pâle. Sa tête lui tournait, ses mains n'arrivaient plus à tenir les rênes. Sa vision se troubla, son corps la trahissait. Elle s'évanouit et tomba de son cheval. Par chance, des palefreniers étaient à côté de sa jument et rattrapèrent la marquise avant qu'elle ne heurte le sol et ne se blesse. Le marquis, inquiet, demanda à deux nobles de l'aider à porter son épouse dans sa chambre. Thibaut proposa son aide mais, d'un geste brusque du bras, le marquis le repoussa en lui faisant comprendre qu'il ne voulait pas de sa présence. Thibaut resta dehors, comme figé, à regarder sa bien-aimée évanouie se faire emmener dans ses appartements. Une fois qu'elle fut loin de son regard, il partit dans la direction opposée, vers la ville.

Les hommes déposèrent Diane sur son lit. Le marquis les

remercia et leur demanda une autre faveur : aller quérir un médecin. L'un d'eux accepta de le faire. Quand ceux-ci furent partis, le marquis ordonna à la suivante de déshabiller Diane afin qu'elle puisse respirer.

Le médecin arriva dans la chambre une heure après. Des femmes qui s'évanouissaient à cause de leur corset ou de la chaleur, c'était très courant. Il remarqua que Diane avait vomi dans un vase et qu'elle était pâle. Il demanda à l'époux de bien vouloir sortir de la chambre pour qu'il puisse examiner sa femme en silence. Une demi-heure passa. Les minutes furent très longues pour le marquis. Quand l'homme de science sortit enfin de la chambre, il referma sa mallette et remit ses lunettes en place. Le marquis était très impatient de connaître le diagnostic du médecin. Une fois sa perruque blanche remise en place, ce dernier annonça :

— Monsieur le marquis, Mme la marquise est enceinte. Mes félicitations !

— Vous dites que Mme la marquise est enceinte ? De combien de temps ? questionna le marquis, un peu perdu.

— Je dirais d'environ deux mois, monsieur. Madame a seulement besoin de repos. Encore toutes mes félicitations et je vous souhaite une bonne soirée.

Sur ces bonnes paroles, l'homme s'en alla. Henri était tout interdit devant cette nouvelle. Après avoir frappé à la porte, il entra dans la chambre et remarqua que sa femme était moins pâle, ce qui le rassura grandement. Il s'approcha d'elle.

— Quelle heureuse nouvelle ! Je veux que vous mettiez au monde un garçon en pleine santé ! s'exclama Henri joyeusement.

Il s'assit auprès de son épouse pour lui témoigner sa joie. Une fois à ses côtés, il ne vit ni sourire ni bonheur sur le visage de son épouse. Diane le regarda et se contenta de lui demander de la laisser seule car elle se sentait fatiguée. Puis elle lui tourna le dos. Lui qui était si heureux d'apprendre qu'un héritier viendrait à naître, il était déconcerté de voir Diane si indifférente. En tant que femme, la nouvelle de porter un enfant devait être la plus grande joie de sa vie.

Le marquis partit donc déçu. Avant de fermer la porte, il conseilla à Diane de se reposer et précisa qu'ils prendraient le chemin du retour quand elle serait apte à voyager. Il ferma doucement le battant. Diane congédia sa suivante. Elle avait vécu trop d'émotions en une journée. Pourquoi avait-il fallu qu'elle revoie Thibaut et qu'elle se retrouve seule avec lui, elle qui pourtant essayait de l'oublier ? Aujourd'hui n'était pas un bon jour pour apprendre qu'elle attendait un enfant. Un mélange d'émotions se bousculait dans sa tête. Elle finit par s'endormir le cœur lourd et encore nauséeuse.

10

Diane passa deux jours dans sa chambre à refuser toute visite, même celle de son époux. Elle avait besoin de se retrouver seule afin d'accepter son état. La marquise n'ayant plus de nausées, Henri demanda aux serviteurs de préparer leurs affaires pour qu'ils puissent rentrer chez eux. Ils partirent en calèche, les valises bien rangées sur le toit. Le trajet s'effectua calmement, et les claquements des sabots résonnèrent entre les arbres qui seraient bientôt déshabillés par l'hiver. Il faisait froid, et le vent soufflait en emmenant avec lui toutes les feuilles séchées aux couleurs chaudes.

Dès leur arrivée, Diane se rendit dans sa chambre pour changer de tenue. Elle ordonna à sa bonne que personne ne la dérange avant l'heure du souper. La femme de chambre partit en emportant avec elle les vêtements sales. Diane s'installa devant son secrétaire en robuste bois de chêne, l'ouvrit avec une petite clé dorée qu'elle cachait sous le meuble, prit du papier et une plume, et écrivit à sa famille pour leur annoncer sa grossesse – tout d'abord à ses parents, puis à Philippe, désormais comte de Lenclos. Elle resta simple dans son écriture. Pour Richard, elle se plut à rédiger une lettre d'une manière amusante et taquine. Sa dernière missive fut adressée à sa cousine.

29 novembre 1667

Ma très chère Ninon,

J'ai tant de choses à vous dire. C'est le cœur lourd que je vous annonce que j'attends un enfant. Avec le cœur lourd car j'ai revu Thibaut d'Artois d'Angoulême à une partie de chasse avec le roi. Sans le vouloir, je me suis retrouvée seule à ses côtés. Nous avons discuté, et j'ai appris qu'il ne m'avait jamais envoyé cette fameuse lettre en juin 1666. Je ne sais pas si je peux le croire. Nous avons failli échanger un baiser avant que je ne mette fin à cette rencontre.

Je me sens perdue, Ninon. Le bonheur m'échappe, et je ne sais que faire pour le rattraper sans rompre mes promesses faites devant Dieu. C'est que je crains l'enfer et la damnation éternelle.

Henri est très souvent au Louvre et refuse que je monte trop à cheval inutilement. Je m'ennuie dans ce château, et toutes mes pensées sont tournées vers le passé. Nos fêtes à Paris me manquent terriblement.

Avec toute mon affection,

Diane, marquise de Montreuil

Ses lettres toutes rédigées, elle rappela sa bonne pour qu'elle aille les poster. Diane rangea et ferma son secrétaire, puis, ayant pu vider son esprit de ses maux, elle décida de sortir de sa chambre avant l'heure du repas. Dans le couloir, elle vit que son époux venait vers elle pour l'informer que le souper était prêt un peu plus tôt que prévu et qu'il n'attendait plus qu'elle. Elle lui fit un signe de tête, esquissa un sourire puis lui prit le bras pour se diriger vers la petite salle à manger.

Les jours passèrent. Les arbres avaient perdu leurs feuillages. Le ciel était très souvent gris, et le vent était froid et promettait un hiver rigoureux. Les grandes cheminées en pierre étaient allumées pour réchauffer les pièces du château. Diane reçut enfin des réponses à ses courriers. Dans celle adressée par sa chère mère, elle découvrit toute la joie de ses parents et aussi des conseils maternels avisés. Si elle suivait à la lettre ses recommandations, elle ne pouvait plus rien faire à part attendre que le temps passe. Richard fut le second à lui écrire. Il ne lui disait pas grand-chose à propos de sa grossesse. Il racontait juste qu'il allait tout faire pour devenir l'oncle préféré de l'enfant et le meilleur frère dans ces moments difficiles pour une femme. Il l'informa également qu'il viendrait lui rendre visite dès qu'il aurait une permission. Il n'y eut aucune réponse de la part de sa cousine. Diane resta optimiste. Ninon était une personne très occupée. Il y avait certainement une raison à son silence.

Décembre arriva plus rapidement qu'elle ne l'avait imaginé. Pourtant, Diane s'ennuyait au cours de ses journées. Son ventre commençait à s'arrondir, et quelques-uns de ses vêtements devenaient serrés. Elle lisait ou brodait au coin du feu dans le petit salon. Tous les jours elle sortait se promener dans les jardins sans vie que l'hiver avait désormais totalement enveloppés. Les arbres étaient nus, l'herbe recouverte de givre et des nuées d'oiseaux migrateurs traversaient le ciel en direction des pays plus chauds. Les absences d'Henri rendaient Diane encore plus seule dans ce grand château.

La mère de Diane écrivait très souvent pour prendre de ses nouvelles. Elle lui apprit que Charlotte attendait aussi un heureux événement. Mais, d'après les médecins, elle avait le bassin trop étroit pour accueillir un enfant. Elle demanda donc à Diane de prier pour sa belle-sœur. La marquise se surprit à penser qu'elle n'avait pas besoin de prières, elle qui avait épousé un homme qu'elle aimait sincèrement. En levant les yeux, Diane vit la croix en bois qui était accrochée au-dessus de la cheminée allumée. Elle se frappa la main qui tenait la lettre et à voix basse elle demanda pardon à Dieu pour ces mauvaises pensées qui venaient de lui traverser l'esprit. Elle continua sa lecture en traversant le salon de long en large une bonne centaine de fois.

Au Louvre, le roi et ses conseillers travaillaient dur pour gagner des guerres et en éviter d'autres, inutiles. Il y avait un conseil tous les jours après la messe du roi à la Chapelle royale. C'était pour cette raison que le marquis de Montreuil résidait au palais depuis deux semaines. La séance du jour terminée, le marquis sortit de la salle pour rejoindre ses appartements. Au détour d'un couloir, il croisa plusieurs nobles qui se pressaient vers le tableau que le monarque demandait à changer chaque jour et qui précisait qui avait le privilège d'assister à son dîner. Avoir son nom sur la liste était un grand honneur et source d'immense fierté. Cela signifiait que le roi avait remarqué ces personnes, ce qui leur permettait d'avoir plus d'avantages. Pendant que le marquis essayait de consulter le tableau, un jeune homme le bouscula involontairement.

— Excusez-moi ! Veuillez pardonner ma maladresse, dit ce dernier.

— N'ayez crainte, monsieur, il n'y a pas eu de mal, répondit le marquis.

À ce moment-là, Henri remarqua que le jeune homme en question était Thibaut d'Artois d'Angoulême.

— Oh ! enchanté, monsieur le marquis ! Comment va Mme la marquise depuis sa chute de cheval ? questionna Thibaut.

— La marquise va mieux, mais en ce moment elle est indisposée, répondit sèchement le marquis.

— J'espère que ce n'est pas trop grave ? dit Thibaut en fronçant les sourcils.

— Tout doux, monsieur ! Ce n'est pas parce que vous êtes

cousin du roi que je ne peux pas me plaindre de votre comportement auprès de lui ! Ce qui concerne mon épouse ne vous regarde en rien, répliqua le marquis.

— Veuillez pardonner mes propos, monsieur. Mes mots sont sortis plus vite que ma pensée, s'excusa Thibaut. Je vous dis à tout à l'heure pour le dîner de Sa Majesté, ajouta-t-il en s'inclinant, avant de partir.

Un tic d'agacement tordit la bouche du marquis. Il n'aimait pas la famille d'Artois d'Angoulême. Surtout le duc, François, père de Thibaut. Pour Henri, tous les hommes de cette famille étaient pareils : arrogants, vaniteux et toujours à la tête de machinations pour s'enrichir encore plus qu'ils ne le faisaient déjà. Le marquis se méfiait de Thibaut. Il n'avait pas aimé le voir en compagnie de sa femme le jour de la chasse. Il ne le fréquentait presque jamais avant son mariage avec Diane de Lenclos. Il se tramait quelque chose, il ignorait quoi et cela l'inquiétait. Tout à coup, il eut des craintes pour le futur de son enfant, mais il n'arriva pas à savoir pourquoi.

L'heure du dîner du roi était arrivée. Comme à son habitude, le roi Louis XIV mangea une très grande quantité de plats. En entrée : bisque de pigeonneau, potage de poulet garni d'asperges. Au premier service : poulets d'Inde[1] à la framboise, queues de mouton aux figues, sarcelles au ragoût, cochon à la Dombes et au safran, cuisses de chevreuil, pâté de chapon désossé et musqué, poupeton ris de veau, asperges, champignons. Et puis au deuxième service : hérons, faisans, gélinotte, faon, perdreaux, filets de chevreuil, dos de sanglier. Et encore, les entremets que le roi appréciait : oreilles et pieds de veau, langue et oreilles de cerf, foie de chevreuil, gelée de corne

1. Rapporté d'Amérique par les conquistadors espagnols, le « poulet d'Inde » fut simplifié linguistiquement avec les années pour devenir la « dinde ».

de cerf, beignets de moelle, pâtés de citrons, champignons à l'olivier. Et pour finir les desserts : pâtisseries, tourtes au musc, confitures aux parfums, cerveaux à l'eau de rose, pralines et crème à l'ambre.

Le marquis entra le dernier dans la salle à manger. Comme tous les nobles, il regardait le roi manger à outrance. Comment Sa Majesté pouvait-elle engloutir toute cette nourriture ? Face à lui, il vit le duc d'Artois d'Angoulême en compagnie de son fils. Le marquis les observa du coin de l'œil, mais ils ne montrèrent aucun intérêt à sa présence dans la salle.

À la fin du dîner royal, qui dura près de deux heures, le marquis partit dans sa chambre pour ordonner la préparation de ses effets personnels. Sa mission étant terminée, Henri de Mornay pouvait désormais rentrer chez lui. Ses valises étaient prêtes, et le marquis était en train de franchir la porte du palais quand un valet s'approcha de lui, une lettre à la main. Il la saisit et la lut. C'était une invitation du roi, adressée à tous les nobles du royaume, pour la fête du nouvel an. Le marquis remercia le domestique puis sortit du château pour se rendre vers sa calèche.

Arrivé dans sa demeure, le marquis ordonna à ses serviteurs de porter ses affaires à l'intérieur. Dès l'entrée de la maison, devant le grand escalier en pierre, le marquis chercha sa femme. Après un quart d'heure de recherche active, il la trouva dans le boudoir, occupée à discuter avec une dame de petite taille au visage rond et rougeaud et vêtue de vêtements simples dont un corset de toile grossière qui écrasait son opulente poitrine.

— Monsieur ! s'exclama Diane, vous voici de retour !

— Bonjour, madame, dit le marquis en baisant la main de sa femme tout en regardant du coin de l'œil la femme assise à ses côtés.

— Monsieur, je vous présente Mathilde. Elle sera la nourrice de notre enfant. Elle m'est très sympathique, et j'ai confiance en elle. Je lui ai déjà fait visiter ses futurs appartements. Son enfant viendra au monde presque en même temps que le nôtre, dit joyeusement Diane à son époux.

— Enchanté. Vous vous plairez dans notre château. Vous verrez, les jardins en été sont magnifiques et vos appartements seront très confortables, dit-il d'un ton plutôt strict pour la circonstance.

Intimidée par lui, Mathilde ne sut répondre au marquis, mais elle s'inclina en signe de remerciement. Elle salua Diane avec empressement et quitta le petit salon. Le marquis raconta alors à son épouse les journées qu'il avait passées en compagnie du roi et des ministres. Il lui parla des affaires politiques et économiques actuelles. Il évoqua aussi les rencontres qu'il avait faites et la mit en garde à propos de la famille d'Artois d'Angoulême. Diane ne put s'empêcher de lever les yeux au ciel, mais par chance le marquis ne remarqua rien. Comme pour le faire taire, elle s'approcha de lui, lui prit le bras gauche et l'invita à sortir de la pièce en sa compagnie. Le marquis commença à tousser assez fort. Elle lui serra un peu plus le bras et le regarda, inquiète.

— Mon ami, avez-vous bien pris vos remèdes tous les jours, comme le médecin vous l'a prescrit ?

— Il est difficile de les oublier, mes toux sont plus fortes et douloureuses. Je prends mes potions deux fois par jour.

— Mais, Henri, le médecin vous a déconseillé de les prendre plus d'une fois par jour. L'opium peut être dangereux !

— J'avais mal et je souhaitais oublier mes douleurs ! dit-il sèchement.

— Vous risquez d'aggraver la situation au lieu de l'améliorer !

— Je vous remercie pour vos conseils, madame, mais de grâce gardez-les pour vous.

Diane se contenta de rester silencieuse et de continuer à le soutenir. Quand le marquis cessa de tousser et d'être de mauvaise humeur, il sortit de sa poche l'invitation du roi pour la fête de fin d'année. Il demanda à son épouse s'il n'était pas préférable qu'elle restât au château au vu de son état. Diane, les yeux pétillants, lui expliqua qu'elle allait très bien et qu'elle pouvait s'y rendre sans souci. En plus, voir du monde et assister à des réjouissances lui manquait terriblement. Les mains jointes, elle le supplia de dire oui. Devant ses yeux brillants, le marquis ne put résister et accepta.

11

La fête du nouvel an est enfin là, pensa Diane qui préparait avec une immense joie sa malle en compagnie de sa bonne, prénommée Jeanne. Naturellement, les deux jeunes femmes s'étaient liées d'amitié avec le temps. Elles avaient presque le même âge, et Diane avait décelé en elle, à l'instar de sa nourrice adorée qui n'était malheureusement pas à ses côtés, de l'intelligence, de la perspicacité et de la fidélité. Aussi la jeune domestique était-elle devenue à son tour une amie et une confidente. Une grande complicité était née entre elles.

— Madame, vous êtes trop rapide ! Je n'arrive plus à remplir les valises !

— Oh ! Jeanne, je suis si heureuse de quitter un tant soit peu ces quatre murs, s'exclama Diane, euphorique.

— Je vous comprends. Mais ne m'empêchez pas de faire mon travail comme il se doit.

— Oui, tu as raison.

Pendant un court instant, on n'entendit dans la pièce que le bruissement des vêtements rangés par Jeanne. Diane regardait cette scène, fascinée par la vitesse à laquelle sa suivante rangeait le linge. La bonne s'arrêta et regarda sa maîtresse.

— Pensez-vous que le roi vous demandera une danse ?

— Je ne pense pas. Vu mon état, je le ferai plus fuir qu'autre chose, répondit Diane.

Les deux femmes rirent de bon cœur. Les bagages bouclés, la bonne partit quérir un valet pour aller les porter dans le carrosse. Seule, Diane observait son visage et sa coiffure devant le grand miroir de la chambre. À ce moment-là, quelqu'un frappa à la porte. La jeune femme autorisa l'inconnu à entrer. Elle se retourna et vit son époux.

— Vos valises sont-elles prêtes ? demanda-t-il.

— Oui, elles le sont. Ma bonne est en train de les faire porter dans la calèche.

Le paysage étant enneigé, Henri invita son épouse à revêtir sa capeline et ses mitaines en poil de lapin blanc pour ne pas attraper froid.

Le voyage se déroula en silence car la marquise, qui pourtant aimait habituellement discuter, préféra se taire et se concentrer sur les nausées qui lui gâchaient l'instant. Diane ne parla pas de ses souffrances à son époux, pour ne pas l'inquiéter. Elle finit par s'endormir dans la calèche vacillante. En songe, elle vit Thibaut, le jour de leur rencontre au palais du Luxembourg. Son visage endormi se mit à sourire. Henri, qui l'observait, ne put s'empêcher de penser qu'elle était si jolie quand elle souriait, mais qu'elle était encore plus belle quand elle le regardait de ses yeux verts et brillants.

Au château du Louvre, les préparatifs pour le nouvel an étaient fin prêts. Tous les convives étaient habillés en grand apparat ; ils arboraient des parures des plus étincelantes. Les jardins comme les salles de réception étaient décorés aux couleurs de la famille royale : le bleu azur et l'or pour le lys. Le roi tout comme la reine trônèrent au milieu de la salle de bal. La reine, Marie-Thérèse d'Autriche, portait une robe blanche brodée de diamants et de saphirs. Sur sa tête, un léger voile blanc descendait en cascade sur ses épaules et sur son dos, par-dessus ses boucles blondes. Sa Majesté, Louis XIV, était toujours des plus magnifiques. Il illuminait la salle de sa présence, comme l'astre solaire. Il n'avait jamais aussi bien porté son surnom de « Roi-Soleil ».

Henri de Mornay avait rendez-vous pour affaires avec quelques ministres avant la soirée. Quant à la marquise, elle prit un peu de temps pour se préparer. Sa tenue avait dû être réajustée, car son corps avait changé. Sa robe était de couleur bordeaux. De la fine dentelle en ornaient les manches et le décolleté, et des petites fleurs noires et or étaient brodées sur le tissu. Pour agrémenter sa tenue, elle portait à son cou un collier de perles à trois rangées, mais également deux grosses perles en forme de goutte à ses oreilles. La marquise étant enfin prête pour le bal, elle sortit de sa chambre en laissant Jeanne seule pour la soirée. Juste avant qu'elle ne passe le pas de la porte, sa bonne lui souhaita bonne chance en lui faisant un clin d'œil. Diane lui sourit, puis traversa les couloirs du château qui devenaient de plus en plus grands en approchant du lieu de la fête. Des tableaux de la famille royale étaient accrochés aux murs. Des rideaux de tissu lourd encadraient les fenêtres. Plus elle s'approchait de la salle de bal, plus les rires se faisaient entendre. Une fois franchie la grande porte en bois massif, elle aperçut beaucoup de nobles dansant joyeusement et des serviteurs discrets servir des mets aux buffets. Diane cherchait du regard un visage amical, mais ce fut le profil sérieux d'Henri qu'elle trouva en premier. Elle voulut feindre de ne pas l'avoir remarqué, mais par malchance il l'avait aussi aperçue. Son sourire s'effaça quand elle le vit s'approcher d'elle. Pour faire bonne figure, elle essaya quand même de conserver son sourire mais n'y parvint qu'à grand-peine.

— Vous voici enfin ! s'exclama Henri.

— Oui, pardonnez mon retard. Ma robe a dû être réajustée rapidement.

— Cette toilette est charmante. Bien que, d'habitude, vous portiez des robes aux couleurs printanières...

— Certes, mais nous sommes en hiver. Les couleurs pastel se portent durant les beaux jours tandis que les nuances sombres sont plus appropriées pour les temps froids, répondit Diane en lui faisant une petite tape amicale sur l'épaule.

Le marquis et la marquise déambulèrent dans la salle en direction des buffets. Henri semblait avoir faim. Il se servait généreusement, alternant les petits en-cas sucrés et salés. Diane ne résista pas non plus à la gourmandise. Elle saisit plusieurs petits gâteaux fourrés au miel. Pendant qu'ils mangeaient, un homme s'approcha d'eux discrètement.

— Mon très cher frère ! s'exclama l'homme. Je suis content de vous revoir.

— Bertrand, répondit le marquis d'un ton neutre.

— Comment vous portez-vous ? Ainsi que votre ravissante épouse ?

Diane regarda son époux la bouche pleine de délices, en attendant sa réponse.

— Je vais du mieux que je le peux, et Mme la marquise attend un heureux événement, répondit-il fièrement.

— Diantre, vous prenez toujours autant à cœur vos devoirs conjugaux. Je dois aussi préciser que madame nous a déjà démontré qu'elle avait la chance du débutant, dit Bertrand en regardant Diane, les sourcils relevés.

— Je ne peux qu'approuver vos dires, monsieur. Avec ma veine, l'enfant sera certainement un garçon en bonne santé, répondit Diane, l'air moqueur.

— Qui sait ? Les jeux d'argent peuvent être trompeurs. Saviez-vous que cette activité était interdite par le roi ?

Bertrand espérait qu'en révélant cela son frère allait être en colère contre sa femme, mais il n'en fut rien.

— Oui, tout à fait ! Et comme vous d'ailleurs, beaucoup s'y adonnent encore. Mais contrairement à vous, ma main était souvent gagnante, répondit Diane, avec un rictus aux lèvres.

Le frère d'Henri vit rouge. C'était un homme joueur et envieux. Son regard plein de haine resta rivé sur Diane. Ne voulant pas lui donner satisfaction, elle aussi ne se déroba pas, et continua de le fixer de ses yeux moqueurs. Elle n'avait pas oublié ce qu'il avait essayé d'entreprendre à son égard quand elle était chez sa cousine. Dans la foule, une douce voix vint interrompre cette hostilité silencieuse, une voix qui ne cessait d'appeler la marquise.

— Diane ! Diane ! Vous voici ! Je vous cherche depuis le début des festivités. Oh ! mais que votre ventre s'arrondit. C'est si mignon !

C'était Ninon qui montrait sa joie en usant de sa « discrétion » habituelle.

— Bertrand ! Je suis ravie de vous voir aujourd'hui.

— Moi de même, très chère Ninon. Par votre présence, vous embellissez la salle de bal, s'extasia Bertrand de Mornay.

— Charmeur ! Toujours de belles paroles, dit Ninon en lui touchant l'épaule. Monsieur le marquis, puis-je vous emprunter un moment ma cousine ?

— Oui, bien entendu, répondit ce dernier en regardant Ninon de bas en haut.

Ninon entraîna sa jeune cousine par le bras en dehors de la salle de bal. Diane avait beau lui demander ce qu'elle faisait, elle ne répondait pas et lui disait simplement que c'était une surprise. Elle poussa une porte qui menait à ce qui semblait être une bibliothèque.

— Mais, Ninon, allez-vous me dire ce qui se passe ? Pourquoi une bibliothèque ?

— Ne vous inquiétez pas. Arrêtez de poser des questions ! Restez là ! Je serai derrière la porte pour la garder.

Ninon sortit après avoir pincé la joue de sa cousine. Une fois seule, Diane scruta la grande pièce sombre. Elle ne comprenait pas ce qui se passait. Son regard se portait tout autour d'elle pour comprendre pourquoi elle était là. La bibliothèque comprenait une autre porte, plus étroite que celle qu'elle venait de franchir. Elle remarqua vers celle-ci une silhouette tapie dans l'ombre, adossée à un meuble.

— Qui êtes-vous ? Montrez-vous ! ordonna Diane d'une voix peu assurée.

L'inconnu s'avança vers elle d'un pas lent. Dès qu'il fut devant la grande fenêtre à la lueur de la lune, Diane reconnut ce visage qui la faisait frémir de tout son corps.

— Madame, pardonnez-moi la liberté que j'ai prise de vous faire amener ici. Je souhaitais répondre des accusations que vous avez portées contre moi à la chasse. Je ne vous mentais pas quand je vous ai dit que je n'avais jamais reçu votre lettre. Je suis certain que la réponse qui vous a été adressée n'était pas de ma main. Je ne vous ai pas courtisée pendant des semaines pour ensuite vous oublier. Cela n'est pas dans mon caractère ni dans mon éducation. Je pensais que l'aveu de mes sentiments était suffisant pour que vous les croyiez sincères. Et j'estime qu'ayant envoyé une dizaine de lettres qui sont restées sans réponse il était justifié de ma part de croire à votre indifférence.

— Il est certain qu'il n'est pas dans les attributs d'une jeune fille d'aller à la rencontre d'un homme. Si des doutes s'étaient installés, vous auriez très bien pu venir de vous-même m'en parler. J'ai été très attristée de vous voir au Luxembourg au bras d'une autre femme, qui visiblement vous amusait. L'incertitude que j'ai ressentie à ce moment-là m'a permis de réfléchir à mon avenir. Et être enfermée dans un couvent en vivant avec l'espoir que je m'étais trompée sur vous m'était impensable. J'ai donc décidé d'accepter le choix que ma mère avait fait pour moi : une vie de famille et un bon mariage avec un homme qui pourvoit à mes besoins. N'est-ce pas cela qui doit faire le bonheur d'une dame ? dit Diane d'un air suffisant.

— Mais ce bonheur est-il le vôtre, Diane ?

Un « non » faible et tremblant sortit de la bouche de la marquise. Le jeune homme s'approcha doucement de Diane, comme s'il avait peur de la faire fuir. Devant elle, il hésita un instant avant de la serrer dans ses bras.

— Pas si fort ! dit Diane en mettant la main sur son ventre.

Thibaut la regarda. Il comprit que sa bien-aimée attendait un enfant. Il détourna la tête, ses yeux perdus dans le vide. Diane remarqua que le visage de Thibaut reflétait la contrariété. Ses mâchoires étaient contractées et ses sourcils froncés. Diane ne dit mot. Elle se contenta de le regarder, de penser combien elle était heureuse quand il était à ses côtés et qu'elle ne pouvait vivre sans lui. Thibaut émit un soupir puis la dévisagea d'un air sérieux.

— Je suis en rogne de savoir que vous vous êtes laissé vendre.

— Je suis tellement anéantie à l'intérieur de moi. Mais, hélas, je n'avais pas le choix.

— Je ne le sais que trop, Diane. Ah ! si seulement nos lettres n'avaient pas été volées, nous n'en serions pas là.

Silencieusement, ils se regardèrent dans les yeux. Un sourire se dessina sur la bouche de Thibaut.

Dans un élan de joie, Diane l'embrassa sur la bouche et caressa ses cheveux mi-longs. Son odeur l'enivra. Il l'emmena s'asseoir sur le canapé. Il glissa sa main sur la nuque de Diane, et ils s'embrassèrent langoureusement. Autour d'eux, le temps s'était arrêté. Plus rien ne comptait à part leurs sentiments. Pendant ce moment romantique, contre toute attente, la porte du fond de la bibliothèque s'ouvrit brusquement. Les deux amants sursautèrent, les yeux écarquillés et rivés sur le battant.

12

Un homme d'apparence ivre, une bouteille à la main, avança vers le couple en titubant. De son seul œil ouvert, il les observa et leur dit :

— Que vois-je... Ne serait-ce pas ma jolie petite sœur ?

— Richard, vous êtes ivre ! reprocha Diane en allant le soutenir.

— Vous me... réprimandez pour du vin, alors que vous... vous êtes avec un autre homme que votre... époux ?

Diane rougit et ne sut quoi répondre. Elle l'emmena s'asseoir sur le canapé. Une fois assis, Richard regarda de son autre œil l'homme qui venait d'embrasser sa sœur.

— Ah ! mais c'est M. le duc ! Voulez-vous partager mon vin, monsieur le duc ?

— C'est fort aimable de le proposer, mais non merci, monsieur de Lenclos, répondit Thibaut.

— Diane, cet homme est mon supérieur à l'armée, dit Richard en riant et en pointant Thibaut du doigt. Mais avec les quelques aventures qui nous sont arrivées, nous sommes devenus des acolytes, continua Richard en faisant un clin d'œil à Thibaut.

— Quelle chance que vous soyez amis ! Comme ça, le risque que vous alliez tout raconter au marquis est désormais exclu, releva Diane, gênée.

Richard lui sourit en haussant les sourcils. Tant bien que mal, il essaya de se lever. Mais, ayant trop bu, ses jambes tremblèrent comme des feuilles puis plièrent sous lui, le faisant retomber sur le canapé. Dans son affalement, il bouscula le vase en porcelaine qui se trouvait sur la petite table en bois juste derrière lui. La céramique tomba sur le sol et se brisa en plusieurs petits morceaux. Toujours à guetter de l'autre côté de la porte, Ninon entendit tout ce vacarme. Elle ouvrit la porte assez brusquement.

— Que faites-vous ? Avec autant de bruit je n'arriverai pas à faire le guet très longtemps ! remarqua Ninon, énervée.

Tous les trois se figèrent, ébahis de la voir en colère. Thibaut aida Richard à se mettre sur ses jambes. Diane lui prit la bouteille et la cacha derrière son dos. Ninon referma la porte, posa les mains sur ses hanches et essaya de comprendre la situation.

— Puis-je savoir ce qui se passe ici ? questionna-t-elle.

— Pendant que nous discutions calmement avec Diane, votre ivrogne de cousin a fait irruption dans la bibliothèque pour gâcher un moment très poétique, lui répondit Thibaut.

— Je ne suis pas un ivrogne et, ne vous inquiétez pas, votre secret sera bien gardé avec moi. Je serais capable de tout pour le bonheur de ma petite sœur chérie. En revanche, j'aimerais bien savoir pourquoi, ma chère cousine, vous jouez les entremetteuses ?

— Tout comme vous, Richard, je tiens beaucoup au bonheur de Diane. Et il se trouve que monsieur – elle désigna Thibaut de sa main droite – est venu dans ma demeure avec des amis et que je l'ai reconnu. Pour ainsi dire, je lui ai proposé mon aide pour voir Diane en secret.

Avant que leur absence ne soit remarquée, Ninon les invita à retourner dans la grande salle de bal. Thibaut embrassa délicatement la main de Diane et partit devant avec Richard.

Une fois les deux hommes au loin, les deux cousines leur emboîtèrent le pas.

— Ninon, je voudrais vous remercier pour tout ce que vous faites pour moi, dit Diane posément.

— Votre dernière lettre m'a attristée. Je me sentais obligée de faire quelque chose pour que vous soyez heureuse. Je veux vous revoir enjouée.

Diane la gratifia de son plus beau sourire, ce qui suffit à Ninon pour se sentir récompensée. De retour dans la salle, Richard attendit sa cousine pour lui proposer une danse. Elle accepta sans hésiter. Thibaut, qui était encore présent, se retrouva désormais seul avec Diane. Ils discutèrent de divers sujets, ils s'amusèrent à critiquer les convives, puis ils rirent assez fort sans remarquer qu'ils attiraient l'attention sur eux. Ils finirent par voir quelques regards désapprobateurs glisser dans leur direction. Diane se sentit tout d'un coup embarrassée. Elle avait la sensation que les invités pouvaient lire ses sentiments dans ses yeux.

Les petits commérages des nobles atteignirent les oreilles d'Henri de Mornay. À peine eut-il perçu le nom « d'Angoulême » qu'il chercha sa femme. Il remarqua qu'elle n'était plus avec Ninon car celle-ci était en train de danser. Il la retrouva assez vite. Elle était au fond de la salle, occupée à parler à ce Thibaut d'Artois d'Angoulême. Elle souriait et riait, même. Cette situation ne lui plaisait pas. Il délaissa ses amis pour rejoindre son épouse.

Quand Henri arriva près d'elle, Diane se concentra pour rester le plus naturelle possible.

— Ma chère, je vous cherchais. Que faisiez-vous donc avec M. d'Artois d'Angoulême à l'instant ? questionna Henri, mécontent.

— Mon ami, je remerciais encore une fois M. d'Angoulême

de m'avoir retrouvée pendant la partie de chasse avec le roi, répondit Diane.

— Et c'est chose faite. Retournons où nous étions.

Sans détourner son regard de Thibaut, le marquis prit le bras de Diane et la tira contre lui. De son côté, le jeune homme ne dit mot mais le dévisagea avec arrogance.

Durant la fête, dès qu'un gentilhomme demandait au marquis l'autorisation de danser avec Diane, il refusait. Ninon, qui dansait encore, observa sa cousine, dont le visage était fermé. Elle abandonna son cavalier et alla chercher Richard qui buvait du vin en compagnie d'une jolie fille qui tenait un plateau entre les mains. À l'oreille, elle lui demanda d'aller danser avec sa sœur qui avait triste mine. Dans son rôle de grand frère protecteur, il posa son verre sur le plateau et s'empressa d'aller proposer une danse à sa sœur, n'hésitant pas à délaisser la jeune fille qui n'avait d'yeux que pour lui. Devant Diane, il se tint droit malgré son état d'ébriété et tendit la main.

— Madame la marquise, voulez-vous bien m'accorder une danse ? demanda Richard.

— Vous savez bien qu'elle est enceinte, monsieur, et qu'il est préférable qu'elle ne danse pas, répondit sèchement le marquis en rabaissant la main de Richard.

— Monsieur, avec tout le respect que je vous dois, je pense que c'est à Diane d'en décider, répliqua Richard.

— J'accepte de partager une danse avec vous, mon frère, répondit Diane, le sourire aux lèvres et sans regarder son époux.

Le marquis les laissa danser, mais on l'avait contredit et cela ne lui plaisait guère. Un peu plus loin dans la salle, il vit Thibaut en compagnie de son père le duc et d'autres nobles du même rang. En apparence, Thibaut avait l'air d'être attentif à leur conversation, mais ses yeux suivaient les mouvements gracieux de Diane. Le regard du marquis passait de son épouse à Thibaut. Ses mâchoires étaient contractées. À la fin de la danse, le marquis pria ses amis de l'excuser, car sa femme se sentait lasse. Il était donc temps pour eux de rentrer.

Henri s'approcha de Diane, lui demanda de dire au revoir à son frère et à Ninon car il était l'heure pour eux de partir. Elle essaya de le faire changer d'avis car minuit n'avait pas encore retenti et elle voulait voir les feux d'artifice donnés par le roi. Le marquis refusa tout net et sans explications.

Avant qu'ils n'atteignent la porte de la salle de bal, Bertrand arriva près d'eux, plusieurs verres à la main. Il les tendit à Diane et à son frère. Henri saisit les deux verres en le fixant.

— La marquise n'a pas droit au vin. Vous le savez pourtant ? En plus nous étions sur le départ.

— Je le sais. Ne vous inquiétez pas. Ce n'est que du jus de raisin. Il faut bien se désaltérer après avoir dansé, dit Bertrand en regardant Diane.

Henri, à contrecœur, tendit le verre à Diane qui le saisit et en but lentement le contenu. Sa gorge la brûla un peu. Le jus avait un goût très acide. Les raisins ne devaient certainement pas être assez mûrs, pensa-t-elle.

Leurs verres terminés, ils firent leurs au revoir à Bertrand qui essaya de les retenir. Mais en vain. Henri était par nature têtu et il était très rare de réussir à le faire changer d'avis sans le contrarier. Ils rentrèrent dans leurs appartements. Henri pressa les serviteurs pour faire leurs valises et les installer dans le carrosse. Diane était consternée. Cette décision hâtive ne lui plaisait guère. Ils étaient censés passer quelques jours au Louvre et participer aux festivités de la nouvelle année.

Durant le trajet, la marquise ne dit mot. Elle ne comprenait pas le comportement excessif de son époux. Elle était triste de ne pas avoir pu danser à outrance et surtout de ne pas avoir pu admirer les feux d'artifice. Soudainement, des douleurs se firent ressentir dans son ventre. Elle avait mal, très mal. La peur surgit en elle. Allait-elle perdre l'enfant, juste pour une danse ? Non, ce n'était pas possible, pas pour si peu. Henri remarqua son regard troublé et lut la douleur sur son visage.

— Allez-vous bien, ma chère ?

— Oui, oui. Tout va bien, répondit Diane en pressant sa main sur son ventre.

— En êtes-vous sûre ? Vous me semblez souffrir !

— Pas le moins du monde.

Elle chercha une excuse.

— J'ai juste très froid. Alors je me réchauffe comme je le peux.

Henri enleva sa veste et la posa sur les épaules de son épouse.

— Ne prenez pas froid. Ça serait dangereux pour l'enfant et pour vous.

Diane lui fit un signe de tête pour le remercier et s'enveloppa dans le manteau, souffrant en silence.

13

La tranquillité et le silence s'installèrent quelques mois au château de Montreuil. Le calme fut seulement interrompu par la visite de la mère de Diane. Elle était heureuse à l'idée d'être grand-mère par deux fois dans l'année. Elle caressait doucement le ventre de sa fille, pour se souvenir de la joie que pouvait apporter une grossesse. Mme de Lenclos raconta à Diane que Charlotte était alitée, prise de maux épouvantables. Les médecins étaient inquiets pour la santé de l'enfant et de la mère. Il lui était déconseillé de se lever. Philippe s'inquiétait énormément. Se sentant impuissant devant cette situation, le comte demandait conseil tous les jours à sa mère. Avant de quitter le château de Montreuil, Mme de Lenclos rappela encore une fois à sa fille de prier pour sa belle-sœur car elle en avait bien besoin. Diane acquiesça instinctivement. Madame repartit dans sa demeure sous le blanc manteau de l'hiver.

Le temps continua de filer. Diane voyait son ventre devenir encore plus gros et ses mouvements se limiter fortement. Elle avait de plus en plus besoin de l'aide de Jeanne. À cause des guerres, Henri devait très souvent s'absenter.

Une visite inattendue bouleversa une belle nuit du mois de mars. Comme tous les soirs avant d'aller se coucher, Jeanne finissait de ranger les affaires personnelles de la marquise. Son travail terminé, elle se munit d'une chandelle pour éclairer son chemin au travers des couloirs sombres et froids. Depuis le premier étage, elle entendit des sons venir de l'extérieur. Ces bruits ressemblaient beaucoup à des voix. Inquiète d'entendre des gens aussi tard dans la nuit, Jeanne se précipita vers la porte de la cuisine qui donnait sur la nuit froide. Sous les arbres de l'allée, elle aperçut deux hommes titubant, se tenant bras dessus bras dessous, qui avançaient vers le château. La bonne reconnut le frère de la marquise mais pas le deuxième individu. Elle décida d'aller réveiller sa maîtresse. Elle courut sur la pointe des pieds pour ne pas réveiller le marquis qui était revenu au château seulement depuis deux jours. Entrant discrètement dans la chambre, Jeanne remarqua que Diane était déjà réveillée.

— Jeanne, que sont ces bruits ?

— Madame, c'est votre frère et un autre jeune homme, murmura la bonne.

Diane écarquilla les yeux et se leva aussi rapidement que possible pour se diriger vers la fenêtre la plus proche. Que pouvait bien faire son frère dans la cour à une heure aussi tardive ? Les épais rideaux étant ouverts, Diane, penchée en avant, observa l'extérieur. Elle y vit effectivement son frère, un peu en retrait d'un jeune homme qui avait apparemment l'intention de jeter un caillou à la fenêtre.

— Diane ! Diane ! Je vous aime ! cria ce dernier.

Diane reconnut la voix de Thibaut. Mais au vu de la posture de son frère et de son soupirant, elle en tira immédiatement la conclusion qu'ils étaient ivres.

— Vous me manquez ! Depuis notre première rencontre j'ai toujours eu envie de vous ! Notre histoire n'aurait jamais dû être écrite ainsi. Je viens vous chercher pour que nous puissions nous enfuir. Richard va nous aider ! déclara Thibaut tout en essayant de rester debout sur ses jambes qui ne cessaient de se dérober.

Diane fut très sensible à ces paroles d'amour, mais elle ne pouvait s'enfuir avec lui. Pas maintenant. Pas dans son état. Jeanne, qui faisait le guet dans le couloir, entendit la porte de la chambre du marquis s'ouvrir.

— Madame ! Monsieur est réveillé. Il est sorti de sa chambre.

— Thibaut, il vous faut partir ! Henri arrive, ordonna Diane.

L'air hébété, le jeune homme ne comprenait pas les paroles de sa douce. Le temps pressait. Le marquis avançait à pas rapides, chandelier à la main. Richard, qui avait compris l'urgence de la situation malgré son état d'ébriété, courut vers Thibaut, et regarda autour de lui tout en réfléchissant au moyen de se sortir de ce bourbier. Il vit près de lui un buisson épineux assez dense. De ses deux mains il poussa sans ménagement Thibaut dans celui-ci. Il n'entendit qu'un gémissement en retour. Pour se redonner de la prestance, Richard se remit droit sur ses pieds et se recoiffa tant bien que mal. À une seconde près, la situation allait dégénérer. Le marquis sortit par la porte principale, revêtu de sa robe de chambre en velours vert et noir mal boutonnée, et accompagné de son valet. Il examina les alentours et ne vit que le frère de son épouse qui était vacillant et semblait avoir usé de la dive bouteille.

— Monsieur ? Que faites-vous là à une heure aussi tardive ? questionna Henri.

Richard respira un bon coup d'air frais avant de répondre à son beau-frère qui avait l'air plutôt énervé.

— Nous av... J'ai... fait la fête ce soir, accompagné de filles de joie. Et n'ayant plus d'argent sur moi, je me suis dit que vous accepteriez de m'héberger pour la nuit... Car comme vous pouvez le voir, il fait très froid dehors.

Le marquis, très méfiant par nature, voulut tout de même bien croire cette version de l'histoire. Il regarda son épouse, qui était à la fenêtre de sa chambre, puis les alentours. Ne remarquant rien d'inhabituel, il invita Richard à entrer dans le château. Une chambre d'amis fut mise à sa disposition. Richard le remercia en s'inclinant bien bas. Il jeta un regard à sa sœur et lui fit un clin d'œil. Diane, à nouveau détendue, articula un « merci » silencieux.

Dès que son époux eut refermé la porte, elle demanda à Jeanne d'aller installer discrètement Thibaut dans une des chambres de bonne situées dans une annexe du château. Elle sortit de la chambre par une porte secrète dissimulée derrière une tapisserie, descendit l'escalier en colimaçon et arriva au premier étage. La voie étant libre, elle passa de nouveau par la cuisine pour aller relever le jeune homme coincé dans le buisson. Jeanne eut un peu de peine à le faire.

— Monsieur ! Faites un effort ! Aidez-moi, je vous en prie..., chuchota Jeanne.

— Diane ? dit Thibaut qui essaya maladroitement de l'embrasser.

— Désolée, monsieur, je ne suis pas Diane mais, si vous ne faites pas un effort, vous risquez de geler sur place et de ne plus jamais la revoir, expliqua-t-elle en tirant sur son bras de plus belle.

Une fois Thibaut debout, la bonne passa un bras autour de ses épaules et rentra à l'intérieur de l'annexe du château, à l'abri des regards et du froid mordant. Elle l'installa dans une petite chambre qui n'était jamais utilisée et qui servait habituellement de réduit. Il n'y avait quasiment aucun risque qu'un serviteur y vienne. Puis Jeanne monta se coucher dans sa chambre exiguë située à côté du salon privé de Mme la marquise. La cheminée contenait encore des braises chaudes ; la nuit serait finalement agréable.

14

Le lendemain matin, quand la marquise arriva dans la salle du petit déjeuner, Richard était déjà installé confortablement sur une des chaises.

— Bonjour, Diane ! Avez-vous bien dormi ? demanda-t-il, une tasse à la main.

— Bonjour, mon frère ! Oui, très bien et assurément mieux que certaines personnes.

— Mais je vous rassure, j'ai très bien dormi, dit-il avec un petit sourire en coin.

Diane s'assit et prit un fruit qui était disposé sur la table recouverte d'une nappe blanche.

— Qu'allez-vous faire aujourd'hui ? la questionna-t-il.

— Rien, comme tous les jours depuis quelques mois, répondit-elle d'un ton sarcastique en montrant son ventre.

— Seriez-vous intéressée par une balade à cheval ?

— Vous vous moquez ? Je ne pense pas que mon état me le permette.

— Et si nous prenions la calèche à deux places ? C'est possible, non ?

— J'accepte. Un peu d'air frais me fera le plus grand bien. Y allons-nous après le petit déjeuner ? dit Diane, qui fut très facile à convaincre.

— Mais quand vous le souhaitez, madame la marquise !

Richard savait que sa sœur n'aimait pas quand il l'appelait par son titre. Cela avait le don de l'agacer. Jeanne s'approcha doucement de Diane et lui murmura à l'oreille que Thibaut avait quitté le domaine aux aurores pour ne point se faire remarquer par la maisonnée. Il était reparti à la taverne des fleuries. Diane leva la tête et regarda son frère droit dans les yeux. Elle voulut lui dire pour Thibaut, mais le marquis entra dans la pièce à ce moment-là, des lettres à la main.

— Bonjour, madame ! Vous avez reçu une lettre de votre mère et une de votre cousine.

— Bonjour, monsieur le marquis, dit Richard. Quelle belle journée avons-nous là, n'est-ce pas ?

— Bonjour, monsieur. Oui, tout à fait. Vous êtes-vous bien remis de votre état de cette nuit ? demanda Henri.

— Oui, bien entendu. J'ai l'habitude, vous savez, répondit-il avec un air satisfait.

Le marquis soupira puis donna les lettres à son épouse. Il ne petit-déjeuna pas. En sortant de la pièce, il se mit à tousser très fort à s'en plier en deux. Diane demanda à un valet d'aller aider son époux à s'asseoir dans un fauteuil. Il respirait très lentement, la main posée sur la poitrine. Diane ordonna de lui servir un verre d'eau. Après une minute, il prit une grande respiration avant de se lever et de continuer son chemin jusqu'à son bureau en se raclant la gorge. Richard regarda Diane d'un air interrogatif. Sa sœur l'ignora. Elle avait promis à son époux de ne parler à personne de son état.

Le repas terminé, la marquise partit se changer pour la promenade avec son frère. Avec l'aide de Jeanne, elle enfila sa tenue d'extérieur. La robe était trop petite. Son ventre rond ne rentrait pas. Jeanne proposa simplement de ne pas trop serrer le laçage et de porter un grand châle sur les épaules. Une fois prête, elle lut les lettres reçues le matin même. Sa mère souhaitait prendre de ses nouvelles, et Ninon racontait ses folles aventures. Elle prit le temps de répondre à sa mère, puis remit la lettre à Jeanne. Elle finit par rejoindre Richard près des écuries.

— Après vous, madame la marquise ! s'exclama-t-il en faisant la révérence tout en lui tenant la porte ouverte.

Diane monta péniblement. Cet effort ne la dérangeait pas car prendre l'air lui manquait. Sur le chemin, les arbres commençaient à se parer de bourgeons qui poussaient lentement, encore engourdis par le froid. Richard avait la sensation qu'il avait libéré sa sœur de l'atmosphère lourde qui régnait au château. Il la voyait sourire. La voir ainsi lui faisait plaisir. Alors que les chevaux trottaient le long du chemin de terre, Diane et Richard commencèrent à apercevoir des maisons, puis des paysans actifs depuis l'aube dans leurs champs. Quelques enfants jouaient avec des bouts de bois. Une lavandière emportait du linge sale vers la rivière. Des oies et des poules se dandinaient tranquillement en picorant l'herbe au bord du chemin. Richard arrêta la calèche devant la première taverne, descendit et demanda à sa sœur de rester assise. Puis il disparut à l'intérieur de l'établissement qui servait également de relais de poste.

Diane l'attendait en regardant les gens passer. De temps en temps, des paysans la saluaient d'un « Bonjour, madame la marquise », ce qui ne manquait pas de la faire sourire. Son frère ressortit de la taverne, seul. Diane fut un peu déçue qu'il ne fut pas accompagné par Thibaut. Richard tenait un papier à la main.

— Tenez, ma chère sœur. Cette lettre est pour vous.

— Mais il y a votre nom dessus, dit Diane en la repoussant de sa main.

— Je vous assure qu'elle est bien écrite pour vous.

Diane se saisit de la missive déjà ouverte, la déplia et en lut rapidement le contenu.

18 mars 1668

Ma douce,

Veuillez me pardonner mon comportement d'hier soir. Il était indigne de mon rang, de mon éducation et surtout de vous.

L'alcool a fait resurgir mes sentiments enfouis. J'ai failli vous mener à votre perte. Le roi rassemble son armée, et je dois me rendre en Franche-Comté en qualité de commandant.

Personne ne peut connaître son avenir, mais sachez que, si Dieu décide de me ramener à lui, mon cœur battra jusqu'à la fin pour vous.

À jamais vôtre,

Thibaut d'Artois d'Angoulême

— Richard, partons maintenant, s'il vous plaît. Éloignons-nous de cet endroit.

— Comme vous le souhaitez, madame.

Richard ne savait pas ce que contenait la lettre et il ne souhaita pas questionner sa sœur à ce propos. Cela ne le concernait pas. Avant de remonter dans la calèche, il prit le temps de sortir son propre cheval de l'écurie attenante à la taverne et l'attacha à l'arrière du véhicule.

En s'asseyant aux côtés de sa sœur, il remarqua un sourire sur son visage. Une fois assis, Richard reprit les rênes. Ils choisirent la forêt de Meudon pour s'y promener en toute solitude. Le vent s'était mis à souffler, mais qu'importe ! La compagnie de son frère la mettait déjà de bonne humeur. Contre toute attente, la matinée ne fut pas triste, et quelques rires fusèrent. Diane avait aimé écouter son frère raconter ses histoires quand il était dans les garnisons avec Thibaut. Richard, curieux de nature, demanda à sa sœur comment elle vivait sa grossesse. Cette situation lui étant bien sûr inconnue, il souhaitait en apprendre davantage. Et qui de mieux que sa sœur pour lui en parler ? Diane hésita à aborder le sujet car, au fond d'elle-même, elle sentait que cette grossesse ne lui apportait pas tout le bonheur qu'elle aurait aimé ressentir. Et elle en avait un peu honte. Mais pour Richard elle fit un effort.

Ils parlèrent jusqu'à ce que le soleil soit au zénith. Il était alors grand temps pour eux de rentrer. Au retour, Diane se demanda quelle aurait été sa vie si elle n'avait pas épousé le marquis, si elle avait réellement suivi ses principes d'un mariage d'amour, sans se soucier du regard des autres ni de sa réputation. Elle n'avait pas vraiment envie de rentrer et de revoir le marquis. Peut-être avait-elle commis une erreur en l'épousant.

Dans la cour du château, Jeanne attendait devant l'entrée pour aider Diane à descendre. Puis son frère lui souhaita une bonne soirée en précisant qu'il viendrait lui rendre visite le mois prochain. Il lui baisa le front avant de repartir sur son cheval, traversant l'allée des arbres qui bourgeonnaient. Diane prit le bras de sa bonne et lui raconta sa matinée. Lorsqu'elles furent arrivées dans la chambre, Jeanne ferma la porte, s'approcha de Diane et lui dit à voix basse :

— Monsieur le marquis m'a questionnée sur votre promenade. Il voulait savoir où vous alliez et avec qui, mis à part votre frère. Et il a aussi demandé...

Jeanne se tut et baissa la tête. Elle n'osait pas dire la suite par peur d'angoisser sa maîtresse. Diane perdit patience et la pressa de finir sa phrase.

— Monsieur a aussi demandé si vous aviez un amant.

— Et que lui as-tu donc répondu ? s'enquit Diane d'un ton inquisiteur.

— Que vous n'en aviez pas. Que vous étiez fidèle aux vœux prononcés pendant votre mariage.

— Merci, Jeanne, répondit-elle, soulagée.

Après s'être changée, Diane partit chercher Henri pour

l'inviter à descendre dîner. Elle le trouva dans son bureau. C'était dans cette pièce qu'il passait la plupart de son temps, quand il n'était pas au Louvre. Le marquis resta impassible.

— Avec qui étiez-vous en promenade ? questionna-t-il d'un ton sévère.

— Avec mon frère, Richard, répliqua Diane le plus naturellement possible.

— Et qui d'autre ?

— Personne d'autre, dit Diane, l'air étonné.

— Et où êtes-vous donc allés, si cela n'est point indiscret ?

— Nous sommes allés dans la forêt de Meudon, où nous nous sommes arrêtés un instant. Nous avons discuté longuement, de notre enfance surtout.

Henri dévisagea son épouse, mais cette dernière resta tout à fait neutre dans ses expressions et aimable dans ses paroles.

— Mon ami, quelle est cette enveloppe bien épaisse sur votre table de chevet ? demanda Diane en regardant près de la fenêtre.

— Bertrand m'a demandé de l'argent. Je lui en envoie donc un peu.

— Vous êtes bien trop gentil, Henri, alors que lui n'est qu'un fainéant !

— Je pourrais en dire de même de votre frère Richard, rétorqua-t-il, agacé. Allons dîner ! Plus vite nous mangerons et plus vite j'arriverai au Louvre, avant la tombée de la nuit si possible.

Elle ne dit mot et lui présenta son bras qu'il saisit sans un regard chaleureux de sa part.

15

Le mois de mai était arrivé, bercé par les chants des oiseaux et la douce chaleur du printemps. La marquise profitait du soleil, assise dans un fauteuil sur le balcon. Elle s'était fait apporter de quoi s'hydrater et quelques confiseries dont elle raffolait. Elle n'en pouvait plus de sa condition et espérait être libérée aussi vite que possible. Son frère était venu lui rendre visite la semaine d'avant. Il lui avait apporté la nouvelle que Philippe était devenu père d'une petite fille prénommée Marie-Madeleine. Diane ressentit de la joie en pensant au bonheur de son frère et de sa belle-sœur. Mais malheureusement, Charlotte avait beaucoup de mal à se remettre de ses couches. Elle restait alitée du matin au soir, avec constamment un membre de la famille à ses côtés pour l'aider à se rafraîchir.

Le matin même, elle reçut une lettre de sa mère qui lui parlait de la naissance de l'enfant. Elle avait assisté à l'accouchement pour soutenir Charlotte qui était orpheline de mère. Elle décrivait la délivrance dans ses moindres détails, même intimes. Diane arrêta sa lecture. Toutes ces précisions la dégoûtaient. Ayant trop chaud, elle appela Jeanne pour l'accompagner jusqu'au salon, à l'abri du soleil. Sur le trajet, sa bonne lui demanda si elle avait des nouvelles de Thibaut d'Artois d'Angoulême. Diane lui répondit qu'il se trouvait toujours dans les garnisons en Franche-Comté avec son père, le duc.

— Allez-vous lui écrire ? l'interrogea Jeanne.

— Non, je ne vais pas lui écrire directement. Je passe désormais mes lettres à Richard depuis que je soupçonne que quelqu'un intercepte nos courriers.

— Avez-vous une idée de qui pourrait faire cela ?

— Pas le moins du monde, répondit Diane en soupirant. Mais je doute que cela soit par bienveillance.

Le soir venu, le marquis et son épouse soupèrent silencieusement. La marquise n'avait pas beaucoup d'appétit. Peut-être que ses pensées lointaines l'empêchaient d'apprécier le repas. Henri de Mornay rompit le silence.

— Cet après-midi, avant de rentrer du Louvre, j'ai rencontré mon frère qui m'a encore demandé de l'argent. À lui seul il va dilapider toute notre fortune s'il continue comme ça.

— Alors arrêtez donc de lui en donner ! Il ne fait rien de ses journées, à part se payer des ribaudes dans toutes les maisons closes de Paris. Je n'approuve pas votre décision de satisfaire tous ses caprices, répondit Diane, soudain énervée.

Le marquis émit un grognement, prit une gorgée de vin et demanda le dessert. Elle avait raison, et cela le fâcha. Il se dit que, si elle était à sa place, elle agirait pareillement avec ses frères, même s'ils avaient des amitiés douteuses.

— D'ailleurs, il m'a remis ceci pour vous, ma chère. Cela s'appelle du chocolat. Il paraît que c'est à la mode en Espagne et que c'est délicieux.

Un valet apporta le paquet de gourmandises à la marquise.

— Et vous ? Avez-vous reçu un présent de votre frère ?

— Oui, du vin de Bordeaux. Un très bon cru, dit-il en levant son verre devant la chandelle pour en admirer la robe. Remarquable ! Mon frère possède au moins une qualité, il sait reconnaître le bon vin.

Après le repas, Diane, installée confortablement dans le salon, goûta le chocolat. Ce petit carré très noir avait un goût amer. Elle grimaça et but une gorgée de tisane. La soirée avança calmement. Diane s'était finalement habituée au chocolat car, quand vint l'heure d'aller se coucher, la boîte était vide.

Le lendemain, Henri partit tôt au Louvre. *Encore*, se dit Diane. Son époux y passait plus de temps que dans son propre château. Elle pensa qu'elle aurait dû retenir son frère la semaine d'avant. Au moins, elle aurait eu quelqu'un avec qui parler.

Le soir était venu, et Diane dînait seule dans la petite salle à manger. Le bruit de ses couverts résonnait dans la pièce silencieuse. Pendant le repas, elle ressentit une gêne dans le bas-ventre, comme un tiraillement. Elle but de l'eau et mangea un fruit en guise de dessert. Après le souper, elle profita quelques instants de la vue du soleil couchant qui avait des lueurs rouge orangé magnifiques. Elle se tenait le ventre. Toujours ces tiraillements. En se levant de son fauteuil, ses premiers pas furent difficiles, et plus elle marchait, plus elle ressentait une forte douleur qui devint rapidement insupportable. Elle avait très chaud, son corps tout entier tremblait et des crampes épouvantables lui serraient le ventre.

Au beau milieu du couloir du premier étage, Diane s'effondra de douleur sur le sol, sa tête heurtant durement le carrelage. Ses pieds, ses bas et son jupon baignaient dans un sang rouge foncé. Jeanne, qui avait entendu le bruit de la chute, se précipita hors de sa chambre pour en connaître la cause. Elle vit sa maîtresse au sol, gisant dans son sang. La bonne s'agenouilla près d'elle tout en essayant de lui soutenir la tête à la verticale.

— Colin ! cria Jeanne. Colin, viens m'aider !

Un jeune homme boutonneux aux cheveux noirs arriva en courant. C'était le valet de chambre d'Henri.

— Viens m'aider, vite ! Porte la marquise jusqu'à son lit et allume le feu dans la cheminée !

Colin souleva la marquise avec facilité et s'exécuta. Jeanne alla chercher des draps, du fil, des ciseaux, et manda d'autres servantes pour l'aider à accoucher leur maîtresse. Arrivée dans la chambre, la bonne congédia Colin après avoir vérifié que le feu avait bien été allumé, en lui précisant d'aller quérir le marquis au Louvre au plus vite. Il devait lui dire que son épouse était en délivrance. Colin, le visage pâle, sortit de la pièce en courant. Il n'avait jamais vu autant de sang, et cela l'avait effrayé. Les servantes déshabillèrent partiellement Diane et lui épongèrent le front qui perlait de sueur. Deux d'entre elles lui tinrent les mains, et la troisième soutint sa tête et vérifia sa respiration. Jeanne se tint aux pieds de Diane et lui ordonna de pousser de toutes ses forces dès qu'elle sentirait venir une contraction. Diane éprouva le besoin de crier. Elle se laissa aller. Personne ne pouvait l'entendre en dehors des domestiques.

Le travail dura des heures, dans les cris et la souffrance. Les servantes, à force de soutenir et d'encourager la marquise, étaient toutes aussi fatiguées. Après beaucoup d'efforts, l'enfant vint enfin au monde. Diane était à bout de forces. Jeanne enveloppa le nourrisson dans un drap en coton et le berça joyeusement. C'était la première fois qu'elle accouchait une femme, et cela lui avait plu. Après quelques minutes toutefois, le visage de la bonne changea et se ferma. Il n'avait plus d'expression. Son regard passa de l'enfant à Diane, puis de Diane à l'enfant. Ses yeux embués regardèrent de nouveau le bébé. Il ne pleurait pas. Il ne bougeait pas. Son petit corps bleuté était presque froid. La vie était partie alors qu'il était encore dans le ventre chaud de sa mère. Jeanne ne savait pas comment le dire à sa maîtresse. Elle en tremblait presque. Mais Diane avait déjà tout compris.

— Est-ce une fille ou un garçon ? demanda Diane, exténuée.

— C'est… c'était un garçon, madame, répondit la bonne, les yeux noyés de larmes.

— Dépose-le dans son berceau…

Jeanne coucha l'enfant. Il semblait endormi dans le couffin. Puis la bonne sortit de la pièce pour voir si le marquis était rentré – mais surtout pour pleurer sans témoin. Seulement une heure après la délivrance, le marquis apparut dans la chambre, enveloppé dans sa robe de chambre et suivi par Jeanne. Il regarda son épouse puis s'approcha du berceau. Il avait été informé de la triste nouvelle.

— C'était un garçon ? questionna-t-il, les poings serrés.

— Oui... c'était un garçon, répondit Diane à mi-voix.

Le marquis se retourna et s'approcha du lit ensanglanté, les yeux remplis de tristesse. Il entra alors dans une rage folle.

— Ce malheur qui nous frappe est votre faute ! Si vous n'aviez pas dansé au bal du nouvel an comme je vous l'avais demandé, cela ne serait pas arrivé. Les promenades à cheval avec votre frère aussi, vous n'auriez pas dû les faire. Quand une femme attend un enfant, elle se doit de rester tranquille !

— Qui êtes-vous pour décider à ma place ? Je connaissais mon état, et le médecin n'y voyait aucun inconvénient.

— De quel médecin parlez-vous ? Aucun médecin, un tant soit peu intelligent, n'aurait autorisé cela. En plus, je suis sûr que vous me cachez un amant. C'est certainement Dieu qui vous punit pour vos péchés.

— Je n'ai pas d'amant et je n'ai pas péché. Dieu ne me punit pas.

— Si vous désirez connaître le fond de ma pensée, je suis persuadé que cet enfant est issu d'un inceste avec votre frère qui monopolise votre attention.

— Vous êtes complètement fou. Pensez-vous réellement ce que vous dites ? Je vous prierai de quitter ma chambre immédiatement ! cria Diane, les yeux lançant des éclairs.

Henri sortit en claquant la porte avec violence. Diane congédia tout le monde, mis à part Jeanne. Elle n'en pouvait plus de cette vie qu'elle n'aimait pas. Comment un homme pouvait-il accuser sa femme d'actes aussi infâmes ? Jeanne ne savait pas quoi faire. Elle restait près du berceau, silencieuse, regardant l'enfant en attendant les ordres de sa maîtresse.

— Madame, comment allez-vous l'appeler ?

Silence.

— Je suppose que le marquis aurait souhaité le prénommer Henri. Sors maintenant, je veux rester seule.

Jeanne fit un signe de tête, puis sortit en observant une dernière fois le berceau. Diane resta assise longtemps sur ses draps sanguinolents. Au début de sa grossesse, il lui était arrivé de souhaiter que l'enfant ne naisse pas, mais maintenant elle regrettait amèrement ses pensées. Des larmes coulèrent sur son visage encore marqué par l'effort de l'accouchement. Elle se leva et se dirigea lentement vers le berceau.

16

Un silence pesant régnait dans la maisonnée. Au troisième jour, le nouveau-né fut inhumé au cimetière de la chapelle de Montreuil, érigée dans le parc à l'arrière de la demeure familiale. Sur la petite tombe, on pouvait lire le nom d'« Henri-François de Mornay ». Les parents et les frères de Diane étaient présents à l'enterrement et avaient déposé des fleurs sur le petit cercueil en bois clair. Philippe avait préféré que son épouse n'assistât pas aux funérailles car elle souffrait encore de ses couches et le trajet l'aurait fatiguée. La marquise était habillée d'une robe noire et portait des bijoux en obsidienne. Tout le monde essaya de la consoler. Jeanne pensait que sa maîtresse n'avait aucun sentiment pour cet enfant, mais elle convint qu'elle s'était trompée. Le père de Diane ne savait pas comment la consoler. Il se sentait totalement démuni. Il la serra dans ses bras maladroitement, tentant de lui transmettre tout l'amour d'un père aimant. Le prêtre prononça une dernière bénédiction et, quand l'enfant fut déposé en terre, Diane ne put retenir ses sanglots.

Le soir venu, toute la famille fut invitée à rester au château pour la nuit. Bertrand, quant à lui, avait fait parvenir une lettre indiquant qu'il ne pourrait être présent car des affaires de la plus haute importance le retenaient loin de Montreuil. La table de la grande salle à manger fut dressée. Le père de

Diane et Philippe étaient assis de chaque côté du marquis, tandis que sa mère et Richard entouraient Diane à l'autre bout de la table. Le marquis parlait politique avec Philippe et M. de Lenclos, sans grande conviction. Pendant la conversation, Philippe tourna la tête en direction de sa sœur qui semblait totalement absente. Il avait ressenti une tension au sein du couple. Les époux ne s'étaient pas consolés mutuellement durant l'enterrement. Pas une parole, pas un regard n'avait été échangé. Cette situation l'inquiétait. Il souhaitait aider sa sœur, mais il ne savait pas comment faire.

Le repas terminé, le comte préféra rentrer chez lui pour rejoindre sa femme. Il était toujours inquiet pour elle depuis son accouchement car elle avait de la peine à recouvrer des forces. Il salua à la ronde et pria le marquis d'accepter une fois de plus ses plus sincères condoléances. En remettant sa veste, il s'approcha de sa petite sœur et la serra dans ses bras aussi fortement que possible. Il lui rappela qu'elle pouvait lui écrire autant de fois qu'elle le désirait. Diane lui murmura :

— Merci, mon frère.

Le lendemain, alors que Diane marchait dans le couloir en direction de la salle à manger pour aller y prendre le déjeuner, en passant devant la chambre de son époux, elle l'entendit tousser fortement. La quinte de toux semblait beaucoup plus forte que d'habitude. Elle poussa la porte et entra.

— Henri, allez-vous bien ? Voulez-vous que je vous apporte à boire ? questionna Diane timidement.

Le marquis se redressa en s'essuyant la bouche avec un mouchoir en coton brodé à ses initiales.

— Non, je n'ai besoin de rien.

— Avez-vous pris votre potion ? Vous savez que c'est important.

— Oui, j'ai recommencé à la prendre deux fois par jour. Mon valet est allé en chercher d'autres chez l'apothicaire il y a peu.

La marquise ne discuta plus. Elle lui avait déjà dit de ne pas en prendre plus d'une fois par jour, mais il ne voulait pas l'entendre. Elle s'avança pour saisir le bras d'Henri afin d'arriver en sa compagnie au déjeuner. Avec une indifférence absolue, il ignora son avance. Il se contenta de lever les yeux de son travail et de la presser de rejoindre la salle à manger. Une odeur de betterave sucrée et de sauge émanait de la bouche du marquis. Depuis qu'elle l'avait épousé, Diane avait toujours senti cette odeur, certainement due aux remèdes qu'il prenait régulièrement.

Pendant le repas, le marquis, qui les avait rejoints plus tard, ne cessait de tousser. Entre deux quintes, il prévint Diane qu'il partait au Louvre aujourd'hui et qu'il reviendrait le jour suivant. Les parents de Diane furent surpris.

— Vous quittez déjà votre demeure en laissant notre fille seule alors que vous venez d'enterrer votre enfant ? dit Marie de Lenclos, sous le choc.

— Madame, apprenez que les ordres du roi passent avant toutes choses, fussent-elles sentimentales ou spirituelles ! rétorqua Henri, agacé.

— Oui, bien évidemment ! répondit Léopold de Lenclos en faisant les gros yeux à sa femme. Veuillez pardonner mon épouse pour sa maladresse.

Diane resta silencieuse, perdue dans ses pensées, le regard vide. Elle n'avait même pas suivi la conversation. Le repas se termina dans le silence.

Les parents de Diane partirent après le dîner pour ne pas arriver trop tard chez eux. Avant leur départ, Marie de Lenclos retourna une dernière fois sur la tombe du nourrisson, qu'elle aurait souhaité voir grandir. Le père de Diane attendait patiemment son épouse dans la calèche. Sa mère s'approcha de Diane pour lui dire au revoir en essuyant ses yeux humides avec un mouchoir. Au château il ne resta donc que Richard pour tenir compagnie à la jeune marquise.

Une fois qu'ils furent seuls dans le salon, le jeune homme questionna Diane :

— Comment va votre relation matrimoniale ?

— Pourquoi me posez-vous cette question si personnelle ? dit Diane en s'agitant.

— Avant de partir, Philippe m'a partagé son ressenti sur les tensions entre le marquis et vous. Et vous savez, tout comme moi, que notre frère ne se trompe jamais sur ces choses-là.

— Il y a des histoires qui doivent rester secrètes. Henri est certainement très triste de la perte de son enfant, et il exprime ses émotions à sa manière, expliqua Diane, les lèvres pincées.

— Je constate votre trouble, Diane. Je me vois dans l'obligation d'insister. Pour votre bien.

Devant l'obstination de son frère, elle ne put se taire bien longtemps, jouant nerveusement avec la dentelle de sa robe.

— Le jour de ma délivrance, Jeanne est allée annoncer à mon époux la mort de notre enfant. Il est apparu une heure après, très triste.

Diane se tut, et un sanglot sortit de sa gorge. Richard lui tendit un mouchoir et l'invita à continuer.

— Il est entré dans une rage folle, disant que Dieu me punissait.

— Vous punir de quoi ? s'étonna Richard.

— D'inceste avec vous...

Richard serra les poings, et une expression de colère apparut sur son visage. Il était outré, énervé et fâché devant de telles accusations.

— Comment est-ce qu'un homme intelligent comme lui peut formuler ce genre de reproches à son épouse dans de pareilles circonstances ?

Pour se calmer, Richard marchait dans le salon, les poings serrés.

— Diane, je vais rester cette nuit encore et je discuterai avec votre époux à son retour.

— Non ! S'il vous plaît, mon frère, je vous en supplie. Partez comme vous l'aviez prévu. Je ne veux pas de querelles entre vous. Et ne parlez pas de cette histoire à Thibaut, je vous en conjure.

— C'est indigne d'un homme de parler ainsi. Je dois faire quelque chose pour régler cet outrage !

— Richard, je vous en supplie, pria-t-elle de ses yeux brillants.

Devant l'insistance de sa sœur, Richard dut se résigner à se taire.

— Très bien, je n'en ferai rien. Mais promettez-moi de faire attention à vous. Et si le marquis devient violent à votre égard, revenez le plus vite possible à la maison.

— Oui, c'est promis ! s'exclama Diane en serrant son frère dans ses bras.

La nuit tombée, Richard partit et passa la nuit avec une fille de joie qu'il avait l'habitude de fréquenter.

Quelques mois passèrent dans la même ambiance maussade. Certains jours, Henri demandait à Diane de l'accompagner dans ses balades matinales, mais elles se déroulaient toujours dans le silence. Il la visitait très souvent au milieu de la nuit, même quand elle était fatiguée. Lors de ces moments intimes, il n'était plus délicat avec elle et restait la plupart du temps silencieux. Son devoir conjugal accompli, il sortait de la chambre aussi rapidement qu'il était entré, laissant Diane nue et triste sur son lit. Souvent, elle se surprenait à prier pour tomber rapidement enceinte afin que ces visites nocturnes cessent.

Et comme toujours, le marquis se rendait quotidiennement au Louvre pour travailler pendant que la marquise errait dans les jardins et les couloirs de sa maison en compagnie de Jeanne.

17

Avec le temps et les nombreuses tentatives de rapprochement de la part de Diane, Henri finit par s'adoucir. Il était dans de meilleures dispositions vis-à-vis de sa femme. Le mois de septembre était presque terminé, et l'automne avait déjà commencé à s'installer. Il avait fait rougir les feuilles et s'ouvrir les bogues des grands marronniers qui bordaient l'allée principale du château. Les marrons en profitaient pour s'échapper et quitter leur abri piquant et encore vert.

À Fontainebleau, les chasses reprirent dans les brumes naissantes en compagnie du roi quand il n'était pas trop occupé par la guerre. Entre-temps, Richard avait dû se rendre en Franche-Comté en sa qualité de soldat et ne pouvait plus donner à Diane des nouvelles de Thibaut.

Un doux matin d'octobre 1668, une personne inattendue vint frapper à la porte du château de Montreuil. Un valet partit quérir le marquis pour accueillir le visiteur. De son côté, Henri ne fut pas surpris un seul instant de voir son frère avec une petite malle à ses pieds.

— Bonjour, Bertrand ! Que me vaut l'honneur de votre présence ?

— Bonjour, monsieur le marquis ! Eh bien, je passais par Montreuil avec mon cheval et je me suis dit qu'il y avait longtemps que je ne vous avais pas rendu visite.

— Oui, effectivement, il y a longtemps que nous nous sommes vus. Votre absence s'est fait remarquer à l'enterrement de mon fils.

Cela avait été dit avec un ton de reproche mais sans agressivité aucune.

— Oui, je vous prie de bien vouloir me pardonner, Henri. J'ai manqué à mon devoir familial et je n'ai pas su vous entourer dans votre malheur. Pour essayer d'adoucir votre ressentiment envers moi, je vous ai rapporté un château-la-tour de 1660. On dit qu'il n'a pas son pareil pour accompagner la chasse. J'espère qu'il vous plaira.

Henri, le visage sans expression, ne répondit rien. Comme à son habitude, il avait toujours les bras croisés dans le dos. Il fit signe à un valet d'apporter la malle de Bertrand dans une chambre d'amis. Pendant que les deux frères se rendaient dans les appartements, au détour d'un couloir ils croisèrent Diane dans sa jolie robe bleu pâle, les épaules couvertes d'un châle en laine blanche. Elle se figea quand elle vit son beau-frère.

— Bonjour, madame la marquise ! Je suis bien aise de vous voir le teint si lumineux, dit Bertrand, plein de sarcasmes, en se courbant. Je vois que vous ne portez plus le deuil.

— Bonjour, monsieur ! Nous n'attendions pas votre visite ! dit Diane, mal à l'aise.

Elle se garda de lui répondre que la période du deuil était terminée pour ne pas risquer de blesser son époux.

— Je suis toujours plein de surprise, vous savez. D'ailleurs j'ai quelque chose pour vous, madame.

Il lui tendit une bouteille de liqueur d'orange. Diane la saisit et le remercia poliment pour ce cadeau. Elle s'écarta pour les laisser passer, puis elle partit en hâte avec Jeanne qui la suivait partout. Elle ne souhaitait pas rester plus longtemps en sa présence. En entrant dans la chambre, Bertrand détailla la pièce et la disposition du mobilier. Sa tête se pencha de gauche à droite puis de bas en haut.

— Elle me plaît, dit-il. Valet, ne mets pas ma malle près de la fenêtre. Je ne veux pas que les rayons du soleil l'abîment. Elle vaut bien plus que tous tes gages d'une année.

Le domestique s'exécuta rapidement, alluma un feu dans la cheminée, puis quitta la chambre.

— Combien de temps resterez-vous, Bertrand ? questionna Henri.

— Je n'y ai pas réfléchi. Un certain temps mais, rassurez-vous, pas pour toujours. Je ne souhaite pas partager votre demeure le jour où vous aurez des enfants. Je ne supporte pas leurs cris incessants. À ce propos, la marquise est-elle à nouveau enceinte ?

— Cette question est des plus déplacées. Vous feriez mieux de faire attention à vos paroles, mon frère, s'irrita Henri.

— Oui, je comprends. Je ne voulais pas être impoli. Mais je voulais savoir si vous alliez bientôt avoir un héritier.

— Cela ne vous concerne en rien, Bertrand. Le dîner sera servi à midi dans la petite salle à manger. Si vous ne pouvez pas attendre, descendez aux cuisines.

Henri tourna les talons et retourna se plonger dans ses écritures. Bertrand resta debout au milieu de la chambre, l'air satisfait.

Une fois dans son bureau, Henri entreposa tout l'argent dans un coffre fermé à clé. Il avait plus confiance en son personnel qu'en son frère. Connaissant le vice de Bertrand pour le jeu et les femmes, il préféra mettre ses biens en sûreté. Après avoir travaillé un tant soit peu dans le calme, le marquis rejoignit la salle à manger. Il croisa Diane seule, qui s'y rendait également. Avant de continuer son chemin, elle prit le bras de son époux et lui dit :

— Henri, je voulais vous prévenir que j'ai fait descendre le cadeau de Bertrand en cuisine. Vous connaissez mes sentiments à son égard. Je ne souhaite pas faire honneur à son présent.

— Faites comme vous le souhaitez. Je le boirai à votre place. Nous n'allons tout de même pas offrir de la liqueur aux domestiques.

Lorsqu'ils furent installés à la grande table, Diane posa la serviette en tissu sur ses jambes, pendant qu'Henri se servait un verre de vin tout en la questionnant.

— Madame, puis-je vous demander quelque chose ?

— Oui, je vous écoute, dit Diane en s'apprêtant à boire sa soupe.

— Êtes-vous enceinte ?

— Non, je ne le suis pas, répondit-elle, surprise par cette question si soudaine.

— En êtes-vous sûre ?

— Oui, j'en suis certaine.

Un rictus déforma la bouche d'Henri. Diane ne réagit pas. Il lui avait déjà expliqué que c'était son souhait le plus cher d'avoir un fils avant qu'il ne trépasse. Diane trempa sa cuillère en argent dans la soupe fumante. L'entrée déjà terminée, Bertrand arriva gentiment dans la salle à manger, avec un sourire aux lèvres. Il s'assit et remercia son frère pour le repas.

— Pourquoi souriez-vous stupidement, Bertrand ?

— N'ai-je point le droit d'être enchanté d'être en votre compagnie ?

— Oui, si vous le dites. Mangeons avant que le repas soit froid, dit Henri en plantant son couteau dans la viande saignante.

— Froid comme l'ambiance autour de cette table, dit Bertrand en prenant ses couverts.

— Qu'insinuez-vous au juste, monsieur ? dit Henri, fâché, en tapant sa main sur la table.

— Rien du tout. Je disais cela pour vous taquiner. Mangez à votre aise, mon frère. Après tout, vous êtes chez vous.

Le marquis n'ajouta rien de plus et regarda Diane qui s'appliquait à piquer ses légumes de sa fourchette. Le repas terminé, Henri, qui devait retourner à son travail, baisa la main de son épouse avant de la laisser seule pour l'après-midi. Diane se rendit dans le petit salon, chauffé au feu de bois, et s'assit dans un fauteuil de velours pour y lire un livre.

Son esprit se perdit. Debout sur un balcon entouré de lierre, elle se voyait regarder la pleine lune qui éclairait son visage. Appuyée sur la rambarde, elle réfléchissait. Si la rose avait un tout autre nom, sentirait-elle toujours aussi bon ? Quand soudain, sortant d'un buisson, un charmant jeune homme vint la troubler dans ses réflexions. Pour lui répondre, il grimpa au lierre fortement accroché dans la pierre. Arrivé à sa hauteur, il enjamba la rambarde. Il prit délicatement ses mains soyeuses et lui dit...

— C'est ainsi que vous lisez, madame la marquise ? Les yeux fermés ?

Diane sursauta, ramenée brusquement à la réalité. Bertrand était penché au-dessus d'elle. Mal à l'aise, elle le repoussa gentiment.

— Je me suis assoupie. Et vous, vous êtes bien trop proche de moi.

— Mais moi, cela ne me dérange pas d'être aussi proche de vous, rétorqua Bertrand d'un air charmeur. Henri étant occupé, je me sentais dans l'obligation de vous tenir compagnie.

— Je vous rassure, si je souhaitais de la compagnie, ce n'est certainement pas la vôtre que j'irais chercher.

Diane se leva d'un bond, son livre encore dans les mains. Elle sortit de la pièce en laissant son beau-frère seul. Dans le salon, on pouvait entendre le bruit des bûches qui crépitaient dans l'âtre. Un ruban bleu était coincé dans un pli du fauteuil. Bertrand s'en saisit et le tourna entre ses doigts. Le soleil était désormais sur son déclin. Les oiseaux regagnaient leur cachette pendant que les animaux nocturnes commençaient à sortir de leur sommeil. La faim les pousserait à quitter la forêt et à entrer sur le domaine. Le feu dansait frénétiquement devant les yeux de Bertrand. Il respira le délicat parfum de jasmin et de musc qui se dégageait du ruban de soie, avant de le jeter dans les flammes rougeoyantes.

Quelques semaines après l'arrivée de Bertrand, Diane reçut une lettre cachetée du sceau de sa famille. Elle la lut silencieusement dans le salon, pendant que son époux et son beau-frère jouaient aux échecs. Les yeux de Diane devinrent pétillants.

— Qu'y a-t-il dans cette lettre qui vous fait sourire, madame ?

— Ma cousine Anne me prie de bien vouloir assister à son anniversaire, le 10 novembre.

— Allez-vous vous y rendre ? dit Henri, un peu inquiet.

— Évidemment ! C'est une invitation de ma cousine. Cela ne se refuse pas.

Trop heureuse de s'éloigner un tant soit peu de Bertrand, elle ne laissa pas Henri exprimer son opinion. Elle se leva de son fauteuil et appela Jeanne.

Sa malle en bois de chêne était remplie de robes, de chemises, de chaussures, de postiches et de toutes les affaires dont une femme a besoin. Colin accrocha le bagage à la calèche tirée par les deux chevaux bais. Avant que la marquise ne quitte le château, Henri l'emmena faire quelques pas dans le jardin.

— Avant que vous ne partiez, je souhaiterais que vous me pardonniez mon comportement de cette année. J'étais si heureux à l'idée d'avoir un fils que le chagrin m'a fait dire des choses que je ne pensais pas, dit Henri, attristé, en lui tenant les mains.

— Je vous pardonne, Henri. Toutefois, seulement parce que vous avez eu le courage de me le demander. Mais je dois vous dire que les pensées abjectes que vous avez eues envers moi m'ont fait souffrir.

Diane resta douce dans ses mots. Elle déposa un baiser sur la main d'Henri puis monta dans la voiture avec Jeanne. D'un geste de la main, elle salua son époux qui la regardait s'éloigner. Derrière lui, Bertrand était adossé au cadre de la porte d'entrée, les bras croisés sur le torse. Il ne cessait de dévisager Diane, apparemment mécontent de la voir partir. La voiture ayant disparu de sa vue, Henri rentra se mettre à l'abri du vent froid qui se levait et qui traversait son manteau trop léger pour la saison.

— Vous êtes bien trop gentil de la laisser faire ce qu'elle désire. À votre place, je ne l'aurais pas autorisée à partir avec une bonne pour seule compagnie. Les routes ne sont pas sûres. Et d'autant plus chez Ninon, un lieu rempli d'amants et de débauche. Enfin, vous connaissez sa cousine et vous voyez très bien de quoi je parle.

— Monsieur, si vous me contredisez encore une fois de plus dans ma demeure, je vous fais jeter dehors, sans le sou et comme un fâcheux personnage, dit sèchement le marquis.

Bertrand fit profil bas, s'inclina comme si son frère était le roi en personne et disparut dans le château sans un mot.

18

Les chevaux avançaient entre les arbres nus sur le chemin pavé. Ce mois de novembre 1668 fut plus froid que d'habitude. Les oiseaux ne pépiaient plus, partis dans le sud depuis quelques semaines. Les sapins gardaient leurs épines qui, de temps en temps, se détachaient des branches pour parsemer le sol partiellement enneigé de petites aiguilles encore vertes. Jeanne, qui était bien curieuse, voulut connaître la raison pour laquelle sa maîtresse se rendait si rapidement à Paris. Diane la regarda en coin, soupira et lui répondit finalement qu'elle ne voulait simplement pas vivre un jour de plus en compagnie de son beau-frère qu'elle avait en sainte horreur. Quand ils se trouvaient dans la même pièce, son regard noir était trop souvent posé sur elle, ce qui la mettait dans un inconfort permanent. Ensuite, c'était son devoir d'aller à l'anniversaire de Ninon, elle qui avait toujours été là pour la soutenir dans les moments sombres de sa vie.

Le vent était glacial et, bien que la calèche fût fermée, le froid commençait à engourdir les deux femmes qui furent bien contentes d'arriver enfin à la capitale après deux heures de route. Colin, qui avait dirigé les chevaux d'une main de maître, déposa la malle devant la porte et salua la marquise. Il repartit avec la calèche après que les chevaux se furent abreuvés à la fontaine qui se tenait au milieu de la cour.

Diane était venue avec une semaine d'avance, ce qui ne déplut pas à sa cousine qui l'aimait tant. Les deux femmes passèrent toute la fin d'après-midi à discuter dans l'un des luxueux salons de la demeure. Depuis son accouchement, Diane n'avait pas revu sa cousine. Elles avaient donc beaucoup de choses à se raconter. La marquise confia à Anne ce que son époux lui avait dit le jour de sa délivrance. Cette dernière en fut très choquée. Jamais elle n'aurait pensé qu'un homme aussi délicat et droit pourrait porter de telles accusations. Diane n'était pas attristée, mais elle ressentait encore de la colère envers son époux pour avoir osé penser cela. Pour changer de sujet de conversation, Ninon lui raconta sa rencontre avec un soldat qui était dans le même bataillon que Thibaut.

— Racontez-moi vite ! Où sont-ils ? Comment va-t-il ? insista Diane.

— Doucement, madame la marquise. Je vais vous le dire. La bataille est sur le point d'être gagnée. En tout cas, c'est ce qu'il m'a affirmé. Et pour votre amant, madame, il se porte très bien. C'est, à n'en point douter, un bon combattant et un excellent commandant.

— Je suis si heureuse de le savoir en bonne santé, dit Diane, les yeux pétillants.

— Ma chère, descendez de votre petit nuage. La guerre n'est pas encore terminée.

Diane grimaça, puis croisa les bras sur sa poitrine en faisant la moue comme quand elle était enfant.

— Cessez vos enfantillages. Venez avec moi. Nous allons souper et nous déciderons qui placer à la grande table pour ma fête. Puisque vous allez habiter quelques jours sous mon toit, vous serez, en ma compagnie, l'hôtesse de cette demeure.

Le 10 novembre arriva rapidement. Le temps était magnifique, et le soleil dardait sur le parc ses chauds rayons. Pour faire plaisir à sa cousine, Diane se farda, mettant sur son visage du blanc de céruse et sur ses lèvres du rouge obtenu à partir de cochenilles. De longues boucles encadraient son visage, et une mouche était posée au coin de son œil gauche. Ninon avait choisi pour elle cet emplacement car il la désignait comme une « passionnée ». Chaque mouche déposée sur le corps avait une signification bien précise. Ninon en mettait très souvent au coin de sa bouche. Cela signifiait « la baiseuse ».

La marquise se sentait détendue. Elle ne pensait plus ni au marquis, ni à Bertrand, ni à son enfant. Toutefois, son corps, encore meurtri par la fausse couche, la faisait parfois souffrir horriblement. Lorsqu'elle ressentait ces fortes crampes, elle ne pouvait s'empêcher de penser au drame qu'elle avait vécu. Quand elle perdait son sang chaque mois, c'était très souvent dans la douleur. Mais le médecin l'avait assurée que cela ne durerait pas. Le corps prenait du temps pour se remettre d'une telle épreuve.

Le soleil déjà couché n'avait pas réussi à faire fondre la neige tombée la veille. Diane profitait de la soirée dans le grand salon richement décoré pour l'événement, en jouant au lansquenet en compagnie de jeunes femmes et de gentilshommes. Comme à son habitude, elle ne misait que des sommes raisonnables. Les rires se mélangeaient et s'accentuaient à mesure que l'alcool coulait à flots. De temps en temps, des couples s'absentaient en toute discrétion de la salle pour échanger des baisers enflammés derrière les tentures.

— Madame la marquise, vous n'êtes pas très joueuse ! dit l'homme assis à côté d'elle.

— Monsieur le comte de Guiche, c'est pour ne point augmenter votre fortune, répondit-elle d'un air enjoué en distribuant les cartes.

La soirée se passa tranquillement. Diane décida de quitter la table de jeu et de sortir pour s'aérer car il faisait très chaud à l'intérieur et elle avait trop mangé et surtout trop bu. Elle se dirigea vers une fenêtre pour respirer l'air frais. La lune était sur son déclin, mais cela ne l'empêchait pas d'éclairer la froide nuit. Pendant qu'elle observait l'astre, elle ressentit une sensation de chatouillement sur son avant-bras nu. Le comte de Guiche l'avait suivie. Il lui tendit un verre de vin rouge.

— Madame, vos charmes m'ont touché au plus profond de mon âme ! Si vous deveniez mon amante, vous feriez de moi l'homme le plus heureux du monde ! s'exclama Armand de Guiche, de son ton le plus charmeur.

— Vos paroles me flattent, monsieur, mais dois-je vous rappeler que je suis mariée ? dit-elle, les joues rosies.

— Mais c'est justement le principe du mot « amant », dit-il en souriant. Si vous refusez, je ne serai point offusqué mais je serai alors l'homme le plus triste du monde. Vous resterez à mes yeux une sublime créature aux secrets et désirs à jamais inavoués.

— Je vous entends, mais vous dire simplement « non » aurait été malvenu de ma part, vous qui êtes si gentil et prévenant avec moi.

En lui répondant, elle porta à ses lèvres le verre de vin et le but lentement sans cligner des yeux. Aussitôt sa tête se mit à tourner légèrement. Leur discussion légère fut interrompue par Ninon qui était visiblement inquiète.

— Que se passe-t-il, ma chère ? Vous avez une mine affreuse ! Pourtant, c'est votre anniversaire ! dit Diane en se retenant à Armand de Guiche.

— C'est... Henri ! Il est en grande souffrance. Le médecin est déjà à son chevet.

La jeune marquise toussa dans son verre de vin, ce qui éclaboussa sa robe de soie. Elle ne sut comment réagir devant cette nouvelle alarmante.

— Comment pourrais-je me rendre rapidement au château ? Je n'ai ni voiture ni chevaux ! s'affola Diane.

— Madame, permettez que je vous accompagne avec ma voiture. Hâtez-vous ! répondit Armand.

Diane le remercia, et tous deux quittèrent la demeure de Ninon sans prendre le temps de saluer les autres invités. La marquise se vêtit de sa cape en velours vert et s'installa dans la voiture du comte qui prit aussitôt les rênes et fouetta sans douceur les flancs des chevaux pour qu'ils avancent le plus vite possible.

Diane était inquiète pour son époux. Elle se demandait ce qui avait pu lui arriver si soudainement. Depuis qu'elle était chez sa cousine, à aucun moment il ne lui avait annoncé que son état avait empiré. Dans la nuit, le trajet semblait plus long et plus froid. Le comte avait les doigts gelés car, dans l'urgence de la situation, il avait oublié de prendre ses gants. Il se retourna pour observer Diane, silencieuse et le regard perdu. Il la vit se tenir le ventre et respirer lentement.

— Allez-vous bien, madame ? Souffrez-vous ?

Elle ferma les yeux et appuya encore plus fort ses mains contre son ventre.

— Ne vous inquiétez pas, comte. Des douleurs auxquelles personne ne peut rien...

— Êtes-vous certaine que je ne puis vous aider de quelque manière que ce soit, madame ?

— C'est fort aimable de votre part, mais vous ne le pouvez pas. Le temps guérira mon corps et la patience mon esprit.

Armand de Guiche ne savait plus quoi lui dire et préféra la laisser seule avec ses pensées.

La voiture arriva à une heure tardive dans la cour du château. Les chevaux étaient fourbus tant ils avaient galopé. Le silence de la nuit avait été troublé par le claquement des sabots qui avait résonné contre les murs. Colin, alerté par ce bruit inhabituel, sortit accueillir sa maîtresse. Diane resta assise quelques instants, à regarder la façade de la bâtisse. Elle avait peur de ce qu'elle allait découvrir à l'intérieur. Le valet, qui l'attendait en haut des marches de l'escalier, la pressa de rentrer.

— Madame la marquise, venez vite ! Le temps presse.

La jeune femme descendit de la voiture, regarda Armand et le remercia de l'avoir accompagnée jusque-là. Un silence s'installa. Armand le brisa en lui baisant la main et en lui transmettant tout le courage qu'il possédait en lui. Puis il repartit lentement en direction de la ville pour ménager ses chevaux.

Dans le couloir menant à la chambre de son époux, Diane enleva sa cape qu'elle posa au hasard sur le dossier d'un fauteuil. Des souvenirs tristes envahirent son esprit. Elle se souvint de la douleur ressentie quand elle avait appris que Thibaut l'aimait toujours alors qu'elle avait choisi par dépit de se lier au marquis. Le rappel de la perte de son fils, mort-né, devint soudainement plus douloureux. Puis elle se remémora les odieuses accusations d'Henri à son égard. Toutes ces pensées se mélangeaient dans sa tête, et le vin dont elle avait abusé n'arrangeait rien à l'affaire. Ses yeux s'embuèrent rapidement, et elle laissa échapper un sanglot.

Colin lui ouvrit la porte de la chambre d'Henri avec un air attristé. Elle entra doucement, les bras le long du corps, les poings serrés. Elle ne voulait pas voir ce qu'elle s'apprêtait à découvrir même si, au fond d'elle-même, elle savait déjà. Elle regarda le lit et y vit Henri, couché sur le dos, les bras croisés sur la poitrine et le visage extrêmement pâle. Cette vision lui fit peur. Elle regardait la mort en face. Elle porta les mains devant sa bouche et retint un cri. Un homme âgé, assis au pied du lit, se leva et regarda Diane dans les yeux.

— Madame la marquise… je n'ai rien pu faire. Monsieur le marquis était déjà trop atteint par la maladie. Quand je suis arrivé à son chevet, il avait la bouche en sang. Malgré mes premiers soins, son mal l'a emporté dans la douleur. Veuillez accepter mes plus sincères condoléances, dit le médecin au visage ridé par les années.

Diane mit quelques secondes avant de répondre.

— Monsieur, je vous remercie d'avoir fait tout ce qui était possible pour le sauver, répondit-elle en essuyant les quelques larmes qui coulaient sur ses joues et qui avaient creusé des sillons sur son fard.

— Je dois me rendre au Palais-Royal. Je ferai part à Sa Majesté du trépas de votre époux.

Diane lui fit un signe approbateur de la tête en se retenant de pleurer. Le médecin récupéra sa trousse de soins en cuir, salua la marquise d'une révérence et partit, laissant derrière lui une odeur de mort indescriptible. Diane resta un instant dans la chambre à regarder Henri. Son visage avait changé. Elle avait l'impression qu'il avait vieilli de plusieurs années. Pourtant, il n'avait qu'une dizaine d'années de plus qu'elle. Diane remarqua un début de calvitie sur le sommet de son crâne. Sa peau était grisâtre, et son corps semblait déjà rigide. Le jeune serviteur, gêné, attendait ses ordres à l'entrée de la chambre.

— Depuis quand M. Bertrand de Mornay est-il parti ? demanda soudain Diane. Pourquoi n'est-il pas présent au chevet de son frère ?

— Il s'en est allé ce matin très tôt, madame, répondit Colin en reniflant.

Diane fut surprise qu'il soit parti si vite, lui qui avait annoncé un long séjour au château de Montreuil. Elle dicta ses volontés au valet, puis lui demanda de sortir de la chambre et de fermer la porte. Il était tard. Tout le monde devait aller se coucher malgré le décès du maître de maison. Colin s'exécuta et transmit aux autres serviteurs les ordres de la marquise.

Diane se rendit dans sa chambre. Elle marcha dans la

pièce en se rongeant les ongles. Elle n'aimait pas réellement le marquis, mais jamais elle n'avait souhaité qu'il mourût dans d'atroces souffrances. Elle s'assit sur la chaise devant sa coiffeuse, se démaquilla puis se coucha.

Seule dans son lit, elle avait l'étrange impression d'être observée. Les rideaux bougeaient alors que le vent ne s'était pas levé. Des frissons parcoururent son corps. Elle n'aimait pas cette sensation. Se cachant sous son duvet, elle se força à se remémorer des événements joyeux pour réussir à s'endormir. Elle repensa à son enfance alors qu'elle était entourée de ses frères. Des papillons de couleur virevoltaient autour d'eux, sous le soleil de ses neuf ans. Avec ses petites mains, elle essayait d'attraper les insectes volants sous les yeux de Philippe et de Richard qui l'avaient mise au défi d'en capturer un, si elle voulait recevoir un cadeau d'anniversaire. Pendant que Diane courait sous le grand chêne, une voix aiguë et amicale l'arrêta dans son élan. Ce jour-là, son plus beau cadeau fut le retour de sa cousine Anne. Cependant, alors qu'elle se précipitait dans les bras de Ninon, un bruit dans sa chambre la fit sortir de ses pensées. Diane scruta la pièce, perplexe. Les rideaux bougeaient toujours légèrement. Puis, avec courage, elle décida de se lever et de s'avancer près de la fenêtre. Il n'y avait rien. Seul le silence de la nuit berçait les arbres. Avant de retourner se coucher, une brise légère caressa sa joue, lui laissant une sensation de réconfort dans le cœur.

19

L’annonce du décès du marquis de Montreuil se propagea à la cour de France. Il était respecté et apprécié des autres nobles pour sa droiture. Une grande majorité d’entre eux vinrent lui adresser un dernier adieu à l’église de Saint-Germain de Charonne. La veuve d’Henri de Mornay se tenait debout au premier rang à côté de son frère aîné. Richard était toujours retenu par ses obligations militaires en Franche-Comté.

Un certain nombre d’amis du défunt avaient déjà présenté leurs condoléances et montré leur soutien à la marquise, sombrement voilée. Toutes les femmes présentes à la cérémonie étaient habillées de noir et tenaient un œillet blanc dans leurs mains gantées en hommage au défunt. La voix grave et profonde du prêtre résonnait dans l’église qui pouvait accueillir énormément de fidèles. Elle possédait un immense clocher qui semblait vouloir jouer avec les nuages. Le son de la plus grande des cloches sonnait le début des cérémonies et se faisait entendre jusqu’au centre de Paris. Les murs blancs faisaient ressortir les vitraux de couleur qui représentaient des scènes du Nouveau Testament. Les plafonniers et les cierges créaient des ombres qui bougeaient au rythme du vent, à l’arrière des colonnes de pierre.

Diane était à nouveau touchée par le deuil et culpabilisait intérieurement parce qu’elle ne se sentait pas aussi triste qu’à la mort de son fils. Elle repensa à ces derniers jours, quand elle était chez Anne. Nulle lettre ne lui était parvenue pour lui annoncer que la maladie avait progressé.

« J'ai demandé à monsieur de vous écrire, mais il a refusé », avait répondu Colin à Diane quand celle-ci lui avait reproché de ne pas l'avoir informée de l'état de son époux. Soudain Diane se sentit inquiète. Pourquoi Henri était-il parti si vite alors qu'il était de bonne constitution ? Était-ce sa faute ? Qu'avait-elle fait de mal pour être ainsi punie ? Durant l'enterrement, Diane ressassa sans cesse ces questions.

— Qu'y a-t-il, Diane ? demanda Philippe à voix basse. Je vous vois trembler.

— C'est que je crains que mon âme soit damnée. Que Dieu me punisse de mes péchés sur terre, répondit Diane en joignant ses mains moites.

— Pourquoi vous punirait-il ? s'étonna Philippe.

— Parce que j'ai épousé Henri alors que je ne l'aimais pas.

— Tous les mariages ne sont pas faits d'amour. Vous avez choisi la sécurité, c'est pour cela que j'admire votre courage.

— Si vous connaissiez mes pensées, Philippe, vous ne diriez pas cela.

Des larmes coulèrent sur les joues de Diane. Un sentiment de honte l'envahit à nouveau. Maintenant elle en était sûre, le Seigneur la punissait pour ses péchés car elle avait eu une liaison avec un autre homme que son époux.

À l'arrière de la salle, assises sur des bancs en bois inconfortables, quelques femmes séduites par le passé par Henri se comportaient comme des pleureuses. C'était à celle qui se faisait le plus remarquer. Le roi n'assista pas aux obsèques de son conseiller. Il lui était interdit de risquer de penser à sa propre mort. Il fit quand même parvenir à Diane une lettre de sympathie, tout en évoquant la loyauté qu'avait eue le marquis envers lui et la royauté.

Des messes basses attirèrent l'attention de Diane. Pour en comprendre le sens, elle se concentra sur les chuchotements.

— Il était si bon et bien portant. Qu'a-t-il pu lui arriver ? dit une femme bien coiffée.

— J'ai entendu dire qu'il avait eu une crise cardiaque, annonça une autre femme.

— Ou peut-être est-ce le comportement de sa jeune épouse qui l'a fait mourir de honte ! releva une troisième femme.

— La marquise est libertine ? questionna la première.

— Bien entendu ! Pourquoi pensez-vous qu'elle n'était que rarement au Louvre avec le marquis et qu'elle ait perdu son enfant ? répliqua la troisième femme.

Toutes des commères, se dit Diane tout en les observant du coin de l'œil. Les rumeurs, bien qu'infondées, se propageraient rapidement au sein de la cour. Les harpies aux griffes acérées l'observaient d'un mauvais œil. Elle tourna la tête pour ne plus les entendre. Que ces femmes étaient agaçantes !

Le prêtre prononça les derniers sacrements, puis invita les gens à rendre les honneurs en défilant devant la marquise. Appuyé contre une colonne, Bertrand avait assisté aux obsèques de son frère du fond de la chapelle. Il ressentait de la rancune envers Diane, car il n'aurait point de part de l'héritage. En effet, Diane héritait de tout. Il espérait avoir l'argent et le château, puisque la marquise n'avait pas donné d'enfant à Henri. Malheureusement pour lui, il se retrouvait sans ressources et était presque certain que sa belle-sœur ne serait pas aussi généreuse que son frère. Quand ce fut son tour, il s'avança devant Diane qui, en l'apercevant, sentit la colère remplacer sa tristesse.

— Vous n'avez point de chagrin, madame ? questionna-t-il.

— Bien entendu, monsieur ! Mais je sais être forte en toutes circonstances, répondit-elle.

— Me voilà surpris ! Moi qui vous croyais douce et émotive.

Vous voilà devenue forte et insensible. Deux traits de caractère bien étranges pour la gent féminine.

— Il existe bien des hommes pleutres et niais. Comme vous pouvez le constater, le monde est rempli de toutes sortes de personnes, dit Diane d'un ton narquois.

Bertrand se contenta de la dévisager de haut en bas, la bouche crispée.

— Mais nous ne sommes pas là pour nous quereller, monsieur mon beau-frère. Prions pour l'âme d'Henri afin que celle-ci puisse trouver le chemin du paradis, dit Diane en ne le quittant pas des yeux.

— Si l'humain possédait une âme, celle de mon défunt frère n'irait certainement pas au paradis, répliqua Bertrand, avec un rictus aux lèvres.

Sur ces paroles, il quitta la chapelle en ne saluant ni Diane ni Philippe. À l'entrée de l'église, il bouscula le prêtre volontairement. Le vieil homme manqua de tomber et s'attendit à des excuses de la part de Bertrand, mais il n'en fut rien.

Diane était choquée par les propos de son beau-frère. Comment pouvait-il parler ainsi de son frère, mort dans d'atroces souffrances ? Elle avait chaud et ne tenait plus sur ses jambes. Philippe remarqua la faiblesse de sa sœur. Il se pencha vers elle et dit à son oreille :

— Courage, Diane ! C'est bientôt terminé. Prenez mon bras pour vous soulager.

— Merci. Qu'est-ce qui se serait passé si vous n'aviez pas été à mes côtés ?

— Exactement la même chose, mais vous auriez puisé dans vos forces.

Philippe la vit sourire faiblement à travers son voile noir. Le prêtre remit sa barrette en place, vint vers la marquise et l'invita à sortir. Diane lui répondit d'un hochement de tête. L'église étant désormais vide, la marquise monta dans le carrosse où

Colin, assis à l'avant, l'attendait pour rentrer. Lui aussi portait le deuil de son maître sur ses vêtements. Depuis son plus jeune âge, il travaillait au château et considérait Henri comme un père. Le cercueil du marquis était disposé sur une calèche tirée par deux chevaux. Le prêtre et deux moines accompagnaient le convoi funèbre. Le corps d'Henri serait enterré dans le petit cimetière derrière le château de Montreuil, aux côtés de ses aïeux et près de son fils.

Le froid avait givré l'herbe encore verte malgré la saison. Seuls Diane et son frère avaient suivi le cortège et assisté à la mise en terre. Quant à Colin, il s'était contenté d'observer la scène de loin, en essuyant machinalement ses yeux humides avec la manche de sa veste. Désormais, la terre argileuse recouvrait le cercueil d'Henri. Une simple croix en bois surmontait la tombe. Plus tard, une stèle et une pierre tombale en marbre blanc viendraient la remplacer et refléteraient la lumière du soleil, du moins tant que la mousse ne les auraient pas recouvertes. Le prêtre offrit une bible à la marquise et lui demanda de prier pour le salut de son époux.

— Que l'Esprit saint guérisse vos blessures et vous soutienne dans cette épreuve difficile, dit-il de sa voix grave et rassurante.

Les hommes d'Église partirent à travers les pins de l'allée tandis que Philippe s'approcha à son tour de Diane.

— Au revoir, ma tendre sœur. Ne vous morfondez pas. Henri n'aurait jamais voulu cela. Soyez forte. Et rappelez-vous que Richard et moi serons toujours à vos côtés.

— Je le sais, merci. Vous me manquerez terriblement. Je regrette le passé, vous savez, le temps où nous étions tous insouciants.

— Nous nous reverrons vite, je vous le promets, dit Philippe en serrant dans ses bras sa sœur très attristée. Le temps vous rendra peut-être votre insouciance.

Au château, Jeanne attendait la marquise dans le hall d'entrée.

Elle était impatiente de prendre des nouvelles de sa maîtresse certainement éprouvée par l'enterrement. Perdre deux êtres chers dans la même année avait de quoi vous fragiliser.

— Madame ? Avez-vous besoin de vous confier ? demanda Jeanne timidement.

— Non, pas maintenant, Jeanne, dit Diane d'un air fatigué en lui tendant son voile. Apporte-moi plutôt une infusion au salon, j'ai besoin de me détendre.

Jeanne s'exécuta et partit en cuisine. Diane marcha d'un pas lent jusqu'à la cheminée. Elle repensait à ces années écoulées tout en observant les flammes ronger une bûche. Elle se remémorait les fêtes, son mariage, sa grossesse. Elle songea à Thibaut. Il lui manquait, surtout durant ces instants difficiles. Elle désirait encore et encore sentir ses bras autour de son corps, sa bouche si douce se poser sur ses lèvres, son regard si envoûtant pénétrer son cœur et la réconforter. Pourquoi n'était-elle pas avec lui ? Tout cela à cause d'une lettre. Une maudite lettre qui avait été égarée.

Sa bonne lui apporta une infusion de verveine très chaude et trop sucrée. Le sucre était un luxe tout comme le chocolat. Le roi et surtout la reine en raffolaient, et bien évidemment toute la cour cherchait à s'en procurer coûte que coûte. Diane la remercia et se concentra sur le feu en buvant doucement. Jeanne resta debout à côté d'elle, gênée. La marquise se sentait observée. Quand elle pivota, elle vit Jeanne la fixer d'un regard insistant.

— Que veux-tu, Jeanne ? demanda Diane.

— Je souhaiterais que vous me racontiez comment l'enterrement de M. le marquis s'est déroulé, madame.

Diane soupira et accepta de lui conter la matinée. En y repensant, elle ressentit de la peine. Henri ne méritait pas de mourir de cette manière. Sa mort avait été si soudaine alors que le médecin lui avait laissé entrevoir une guérison possible.

Après quelques secondes de silence, Diane tendit à sa bonne la bible offerte par le prêtre. Jeanne ne voulut pas accepter un tel présent. Elle ne possédait pas de livres, bien qu'elle ait appris à lire durant les quelques années où elle avait eu la chance de fréquenter l'école de son village. Mais la marquise insista, alors Jeanne finit par prendre délicatement le livre sacré puis, après s'être inclinée, partit le déposer sur sa table de chevet avant de retourner vaquer à son travail. La chaleur du feu enveloppa Diane doucement, et elle s'endormit dans le fauteuil du salon.

Le roi remplaça très vite le marquis par un noble de sa cour car il avait en permanence besoin d'un conseiller. La guerre en Franche-Comté faisait toujours rage.

Depuis deux semaines, Diane ne sortait pas de chez elle. Elle avait reçu beaucoup de lettres de condoléances de la part de ses amis mais également de gens qu'elle ne connaissait pas. Son frère Philippe lui avait aussi écrit, profitant de l'occasion pour lui faire la morale. Elle fut étonnée des mots qu'il employa.

10 décembre 1668

Ma tendre petite sœur,

Le chagrin qui vous touche aujourd'hui cessera un jour.

Vous êtes jeune et en bonne santé. Quand votre deuil prendra fin, il sera encore temps pour vous de vous remarier, et je souhaite que ce soit avec un noble de la cour du roi.

La sécurité peut être plus importante que l'amour qui est un sentiment qui souvent ne dure pas.

Nous en parlerons dans quelques mois, mais je compte sur vous pour y réfléchir. Il n'est pas bon pour une femme de rester seule, vous ne l'ignorez pas. En tant qu'aîné, je prendrai au besoin cette décision pour vous.

Avec toute mon affection,

Philippe, comte de Lenclos

Se remarier sans amour lui était désormais impensable. Sur cette terre, il n'y avait qu'un seul homme à qui elle donnerait sa main et son cœur, et personne d'autre. Elle préférerait finir sa vie dans un couvent que refaire la même erreur. Pour oublier la lettre indigne de son frère, elle la brûla avec toutes les autres dans le feu flamboyant de la cheminée. Diane apprécia le spectacle qui se déroulait devant ses yeux. Les flammes envoyaient danser dans les airs des poussières noires qui disparurent dans le néant sans avoir touché le sol.

Durant une matinée de solitude, des cavaliers coiffés de leur chapeau, épée à la taille, arrivèrent promptement dans la cour du château.

— Mes hommages, madame la marquise ! salua le premier homme.

Diane fut étonnée d'avoir de la visite.

— Monsieur le comte, répondit-elle avec un sourire. Que me vaut l'honneur de cette visite inattendue ?

— Je suis porteur d'une missive du roi.

L'homme tendit la lettre à Diane qui la lut aussitôt. Le roi demandait à la marquise de Montreuil de restituer les documents royaux que le marquis avait en sa possession. Elle devait les remettre dans les mains du nouveau conseiller, M. le comte de Guiche.

S'écartant de la porte d'entrée, Diane fit entrer Armand et les deux soldats qui l'accompagnaient. Elle les emmena dans le bureau – devenu poussiéreux – de son défunt époux.

— Monsieur, à ce jour je n'ai ni rangé ni trié quoi que ce soit dans le bureau du marquis. Je ne peux donc vous être d'une quelconque utilité dans votre tâche. Je vous laisse procéder à vos recherches. Si vous avez besoin de quoi que ce soit, faites-moi demander.

Le comte la remercia et prit possession des lieux.

En début d'après-midi, Armand attendait la marquise dans le hall d'entrée, pendant que les deux soldats chargeaient les sacoches accrochées aux chevaux avec des documents trouvés dans le grand bureau du marquis.

— Madame, nous nous en allons. Nous avons tout ce qu'il nous faut pour satisfaire le roi. Sa Majesté m'a aussi précisé que, si vous trouviez d'autres pièces confidentielles, il vous est demandé de les rapporter au Louvre le plus vite possible.

— Il est de mon devoir de satisfaire le roi, et je m'y efforcerai.

Armand déposa un chaste baiser sur la main de Diane, avant de rejoindre les deux hommes à l'extérieur. Au milieu de l'escalier, il s'arrêta un instant et regarda la marquise dans les yeux. Diane avait la sensation qu'il voulait lui dire quelque chose, mais il n'en fit rien. Il lui sourit simplement et s'éloigna.

Le lendemain, Diane, le visage reposé, se leva de bonne humeur. Elle raconta à Jeanne, qui tirait les lourds rideaux, qu'elle avait rêvé de Thibaut. En songe, elle se promenait dans les jardins des Tuileries. Il faisait beau temps, les oiseaux dansaient au-dessus d'elle et des roses de toutes les couleurs avaient éclos. L'odeur de sa tisane préférée embaumait l'air autour d'elle. Thibaut, sur un étalon noir, venait à sa rencontre. Une fois qu'il fut près d'elle, il lui tendit une main pour la faire monter sur l'animal qui malheureusement se cabra. En écoutant cette histoire, sa bonne ne put retenir un rire.

— Certains savants disent que les rêves peuvent se réaliser, donc ne perdez pas espoir, dit Jeanne en lui apportant sa robe noire qui était lourde à cause du tissu épais.

Diane revêtit son corset serré par-dessus sa chemise blanche en coton, puis mit son vêtement de deuil qu'elle portait depuis deux semaines déjà. L'après-midi elle se promena dans les jardins couverts de perce-neige. Parmi les arbres et les sapins, Diane cueillit des branches de gui pour orner les tombes de son fils et d'Henri. Pendant sa collecte, le soleil réchauffait son visage. En toute quiétude, elle se remémora les mots de Jeanne à propos des rêves. *Si seulement cela pouvait être vrai.*

20

Pendant ce temps, en Franche-Comté, la guerre faisait rage. L'air était écrasant et sentait la chair purulente. Richard était aux côtés de Thibaut. Il lui fournissait des comptes rendus de la situation. Les troupes françaises avaient l'avantage, mais n'étaient pas encore sur le chemin de la victoire. Thibaut ne passait pas une journée sans penser à sa dulcinée. Il voyait le visage de Diane se dessiner dans ses songes, même lors de ses courtes nuits. Il avait espoir que le conflit se terminerait bientôt pour pouvoir la revoir et l'emmener devant l'autel, habillée dans sa robe de soie, sa tête coiffée d'un léger voile blanc dissimulant son regard.

Un après-midi de décembre, entre deux assauts, Thibaut reçut une lettre cachetée du sceau de sa famille. Elle venait de son père, rentré plus tôt de la guerre. M. le duc d'Artois d'Angoulême lui demandait de rentrer immédiatement pour une affaire urgente. Le jeune homme ne comprenait pas l'urgence de la situation alors qu'il était en pleine guerre. La requête étant un ordre, Thibaut délégua le commandement de son régiment au lieutenant général. Il rentra donc séance tenante à Paris, accompagné de charrues en vieux bois remplies de soldats blessés et de quelques provisions.

Le trajet dura une semaine, durant laquelle nombre d'hommes trépassèrent dans la souffrance à cause de leurs plaies infectées jusqu'à l'os. À la capitale, les survivants furent conduits au couvent de Saint-Joseph de Cluny et soignés par des nonnes charitables. Thibaut, épuisé, arriva enfin dans son château. À peine eut-il franchi le seuil de la porte que son père le pressa de le suivre dans la bibliothèque. Thibaut fut ébahi par son comportement. Il ne prit même pas le temps de le saluer et de lui demander comment il se sentait. Le jeune homme remit son casque et ses armes à son valet, nonchalamment.

Dans la bibliothèque, qui contenait des centaines et des centaines d'ouvrages en français, en latin et en grec, le duc s'était assis au milieu de la pièce dans un fauteuil en tissu bleu fleuri.

— Mon père, vous auriez pu avoir au moins l'obligeance de me laisser faire ma toilette ! dit Thibaut, mécontent.

— L'heure n'est point à la toilette !

— Pourquoi m'avez-vous mandé ? interrogea Thibaut en s'essuyant le front du revers de la manche.

— Je souhaitais vous annoncer vos noces prochaines avec la fille du duc du Maine.

— Vous m'avez fait revenir de la guerre pour cela ? s'indigna Thibaut.

— Oui, car je ne veux pas vous voir trépasser avant les noces !

— Père ! Je n'épouserai pas cette jeune femme ! s'agaça-t-il.

— C'est pour votre bien et pour nous assurer une bonne descendance, mon fils ! dit-il en se levant, les sourcils froncés.

— Vous l'avez choisie pour son rang et sa dot, pas pour moi !

— Vous ferez ce que je vous dirai de faire. Je veux le meilleur pour vous et notre famille. Pas cette bourgeoise de campagne ! s'exclama le duc.

Thibaut fut surpris en entendant ces dernières paroles. Son père semblait être au courant pour Diane, mais comment ? Thibaut tourna les talons en affichant un air suspicieux et sortit de la pièce pour rejoindre ses appartements. Quant au duc, il était très contrarié et se laissa tomber dans le fauteuil, puis posa la tête sur son poing fermé.

Un serviteur aida Thibaut à enlever son armure boueuse et abîmée. Il l'ôta avec peine, car une douleur se propageait dans son bras. Il avait malheureusement reçu un coup d'épée pendant un combat. La plaie était rouge et chaude. Il l'avait déjà désinfectée avec ce qu'il avait trouvé dans le campement : de l'alcool et du vin apportés par Richard. Après une toilette décente et le nettoyage de sa plaie, il mangea à sa faim, seul dans la salle à manger ornée de lustres que son père chérissait. Il réfléchissait au discours du duc. Il n'était pas question qu'il se marie avec la fille du duc du Maine ! Son amour pour Diane était trop fort pour la trahir, maintenant qu'il l'avait retrouvée. Pendant le repas, il se demanda comment son père savait pour leur relation. Il l'avait pourtant toujours gardée secrète. Pendant qu'il jouait avec sa viande de sanglier, un souvenir lui revint en mémoire. Diane lui avait parlé d'une lettre qu'elle avait envoyée et qu'il n'avait jamais reçue. Son père n'était sûrement pas innocent dans cette histoire.

Thibaut attendit que la maisonnée soit endormie pour fouiller dans le bureau du duc. Avant de sortir de la chambre, il enleva ses souliers pour rester discret. En ouvrant la porte, il s'assura qu'il n'y avait personne dans les couloirs sombres. Une chandelle à la main, Thibaut marcha silencieusement. À certains endroits le plancher grinçait à chaque pas. Devant le bureau de son père, il s'assura à nouveau d'être seul.

La pièce était grande, mais pas autant que la bibliothèque. Avec la lumière, il éclaira le portrait de son père qui trônait sur le mur au-dessus de la cheminée. Il avait un air si sévère que Thibaut en vint à se demander comment sa défunte mère, qui était si douce, avait supporté leur mariage. Il chercha en premier dans le secrétaire. Il y trouva des notes, des missives du roi, des relevés d'impôt, mais pas de lettre venant de Diane. Dans un tiroir où était rangée la cire à cacheter, Thibaut distingua une petite clé en cuivre avec en son centre des sillons en forme de rose. Que pouvait-elle bien ouvrir ? Il la mit dans sa poche de pantalon et continua ses recherches.

Toujours avec discrétion, il fouilla parmi les livres, les nombreux tiroirs et les boîtes de toutes formes qui envahissaient la pièce. Dans un coin de la pièce se trouvait une statue en bronze dont le socle était gravé d'une rose avec un petit trou au centre, ce qui ressemblait fortement à une serrure. Thibaut posa sa chandelle, sortit la petite clé et l'inséra dans le trou. Elle entra parfaitement à l'intérieur. Il la tourna, et un tiroir apparut, qui contenait plusieurs lettres ouvertes. Certaines avaient l'air plus anciennes que d'autres. La plupart venaient de sa mère, mais il en reconnut quelques-unes qu'il avait lui-même écrites – à Diane de Lenclos. Il en remarqua une autre, un peu plus déchirée. Il l'ouvrit et la lut. C'était effectivement la délicate écriture de Diane.

4 mai 1666

Cher Thibaut,

Aux yeux bleus de votre regard qui avait croisé le mien par hasard.

Comme un troubadour, vous m'aviez avoué votre amour.

Mon cœur avait battu si fort, que la nuit j'en rêve encore.

Durant tout le printemps, je vous ai offert mes sentiments.

Et par un doux sourire, vous les avez gardés avec plaisir.

Je proclame ces mots comme un vent frais que mon amour est vrai.

Je souhaiterais vous revoir au bal organisé par mon père, le comte de Lenclos. Il se tiendra le jour de la Saint-Jean.

Je vous y attendrai avec bonheur, pour que nous puissions à nouveau ouvrir nos cœurs.

Diane Marie de Lenclos

Thibaut ressentit de la joie en parcourant la lettre de Diane, mais aussi de la colère contre son père. C'était donc lui depuis le début ! Il interceptait toutes les lettres et avait même imité son écriture pour répondre à sa dulcinée. Il plia la missive et la mit dans la poche de sa robe de chambre. Il referma le tiroir, rangea la clé dorée et reprit la chandelle. Il ouvrit discrètement la porte, qui émit un petit cliquetis. Thibaut sortit de la pièce en vérifiant qu'il n'y avait personne susceptible de le remarquer. Connaissant son père, il avait certainement ordonné à tous les serviteurs d'espionner le moindre de ses faits et gestes. À pas de loup, il retourna dans sa chambre, sortit la lettre de sa poche et la cacha à l'arrière d'un tableau. La fatigue étant grande après un si long voyage, Thibaut s'effondra dans son lit et s'endormit avec des rêves amers.

21

Au petit matin, Thibaut se réveilla plus en colère que jamais. Il ne souhaitait en aucun cas croiser son père, sans quoi toutes ses rancœurs pourraient resurgir. Il réussit tant bien que mal à l'éviter jusqu'au coucher du soleil, malgré le fait que le duc ne cessait de le demander. Durant la journée, Thibaut s'absenta longtemps afin de visiter les blessés de guerre. Malheureusement, il constata que la plupart n'allaient pas passer la semaine, car leurs blessures étaient si profondes qu'elles sentaient déjà la chair en décomposition. La mère supérieure, qui s'occupait des malheureux avec tout un groupe de bonnes sœurs, remercia le futur duc d'avoir fait le jour précédent une donation aussi généreuse pour le couvent et les malades. Thibaut étant lui-même soldat, il trouvait tout naturel d'aider ses camarades d'infortune. Avant de partir, une religieuse, qui se tenait près de l'entrée, le vit se toucher le bras en grimaçant. Elle l'arrêta avant qu'il ne passe le seuil de la porte.

— Monsieur ? S'il vous plaît, restez un instant.

Thibaut se retourna, surpris, et dévisagea la petite dame qui portait une robe noire à larges manches, une tunique blanche tachée de sang, un scapulaire noir et une guimpe blanche.

— Oui, ma sœur ?

— Ne vous hâtez pas. Venez vous asseoir pour que je puisse examiner votre blessure.

— Ne vous inquiétez pas pour moi, ma sœur. Je suis pressé par le temps.

— Si, justement, je m'inquiète pour vous. La mère supérieure nous a fait part de votre générosité. Laissez-moi, en retour, tenter de vous soulager, car sous peu vous retournerez à la guerre et, avec vos blessures, vous ne pourrez ni vous battre ni même vous défendre, dit-elle.

De son visage émanait de la bonté, et il ne put lui résister. Le futur duc retourna sur ses pas, le visage souriant devant tant de bienveillance. Il enleva sa veste et la déposa sur le dossier d'une chaise sur laquelle il prit place. La religieuse, d'un air sérieux, attrapa un plateau en bois sur lequel étaient posés un flacon d'alcool, des bandages, du fil, une aiguille, ainsi qu'une pommade à la couleur très suspecte, certainement fabriquée à base de plantes selon un secret bien gardé.

Dans la petite salle à manger, Thibaut soupait seul. Il revoyait en pensée ses camarades agonisant. Sur la table, le repas était frugal, mais le jeune homme n'arrivait pas à en avaler plus d'une bouchée. Soudain la grande porte s'ouvrit dans un fracas à en faire trembler les murs, ce qui le tira de ses songes.

— Thibaut ! Cessez de m'éviter comme un enfant ! dit le duc.

Thibaut soupira en levant les yeux. Il posa sa cuillère dans son bol et d'un geste pria son valet de débarrasser les restes. Il continua à ignorer son père, et fit mine de vouloir se lever et de sortir de la pièce.

— Attendez, mon fils !

— Que me voulez-vous, père ? dit-il en se retournant. Je dois me reposer. Je pars demain à la première heure pour la Franche-Comté.

— Non, vous devez rester ici pour épouser Marie-Louise du Maine ! L'avez-vous oublié ?

— Père, je suis un humble serviteur du roi. Vous m'avez

fait quitter les garnisons alors que je n'y étais pas autorisé ! Mon devoir est d'y retourner au plus vite !

Il tourna le dos à son père, qui était fort mécontent, et alla s'enfermer dans sa chambre.

Au petit matin, le valet de chambre réveilla Thibaut et lui apporta son armure nettoyée ainsi qu'un solide petit déjeuner. Une fois rassasié et prêt, Thibaut descendit en hâte rejoindre les écuries. Il enfourcha son étalon, et s'apprêtait à partir, quand le duc apparut à l'entrée du château. Visiblement, il semblait essoufflé.

— Thibaut ! Je vous somme de rester ici ! ordonna François en pointant le sol de son index.

— Non, père, je ne peux pas céder à votre requête. Les ordres du roi prévalent.

— Vos frères m'auraient écouté !

— Mais ils vous ont écouté, père. Ils se sont mariés à des princesses étrangères comme vous leur avez demandé. Pour des titres, des terres et de l'argent qu'ils vous envoient régulièrement dans des cassettes.

Un silence lourd régna dans la cour. Thibaut se tenait droit et fier sur son destrier. Il défiait son père en le fixant dans les yeux.

— Fils… je vous supplie de rester, dit le duc en baissant d'un ton.

— Père, j'ai un devoir à accomplir, et vous auriez dû en faire de même au lieu de vous cacher au fond de votre château. Adieu !

Le cheval partit au grand galop, laissant le duc seul en bas de l'escalier du château, dépité par l'arrogance de son fils. Depuis le décès de sa mère et jusqu'à maintenant, Thibaut avait toujours fait ce qu'il lui ordonnait. Mais la guerre l'avait fait grandir et l'avait rendu responsable. Si le duc voulait le marier à Marie-Louise du Maine, il devrait précipiter leurs fiançailles.

Sur la route jusqu'en Franche-Comté, Thibaut rencontra d'autres soldats mandatés par le roi qui se joignirent à lui. Plus la troupe descendait dans le sud de la France et plus le ciel devenait orageux. Les villages proches des campements étaient déserts. Les paysans et villageois étaient partis en hâte, laissant derrière eux une partie du bétail ainsi que leurs biens. Quelques soldats décédés étaient entassés dans des charrettes. Le futur duc constata que son bras ne le démangeait plus. Les soins de la bonne sœur avaient fait des miracles. Sur place, l'atmosphère était étouffante. Thibaut laissa son cheval près de sa tente, communiqua des ordres opérationnels aux nouveaux soldats et rejoignit le lieutenant général.

— Heureux de vous revoir, mon commandant ! dit le lieutenant général.

— Bonjour, monsieur. Faites-moi un rapport sur la situation.

— Tout va pour le mieux. L'ennemi recule chaque jour et subit de lourdes pertes, mais il ne faut pas pour autant baisser la garde.

— Oui, bien entendu. Combien de blessés et de morts ?

— Environ cent vingt morts pour trois cent quarante blessés.

— Merci pour toutes ces informations. Sa Majesté le roi nous fera grâce de son soutien si la situation se dégrade, dit Thibaut en réajustant son armure. Dites-moi : où se trouve le soldat de Lenclos ?

— Au front, mon commandant. Voulez-vous que je le fasse mander ?

— Oui, je vous prie.

Thibaut remercia son lieutenant général et commença à décacheter les lettres qu'il n'avait pas pu lire pendant son absence. Quelques heures passèrent en toute quiétude pendant qu'il répondait au courrier en attendant Richard. Soudain le sol se mit à trembler, renversant son encrier sur une carte ouverte sur la table. Le commandant sortit en hâte de sa tente, l'épée à la main pour comprendre ce qui se passait. Des soldats inquiets se préparaient au combat sans savoir dans quelle direction se tourner. Quand le regard de Thibaut se posa à l'est, il constata que l'ennemi menait une charge contre leur campement. Un grand nombre de cavaliers armés surgirent de la forêt en criant pour se donner du courage.

Un soldat sonna l'alerte en soufflant dans une corne en bois. Thibaut fit partir sa monture en la frappant sur le flanc pour qu'elle ne le gêne pas dans ses mouvements. Il dégaina son épée et se prépara à recevoir l'assaut de plein fouet. Les chevaux des ennemis fonçaient sur eux, renversant tout sur leur passage. Le futur duc évita tant bien que mal les premières attaques. En étant au sol, il avait l'avantage de pouvoir se faufiler entre les chevaux et de blesser l'ennemi aux jambes, mais il lui fallait absolument éviter les coups d'épée venant d'en haut. Certains de ses soldats arrivèrent à faire chuter les cavaliers ennemis pour les battre au sol où ils étaient avantagés par leur armure légère. La poussière volait au plus fort du combat et troublait la vue des hommes. Les alliés, alertés, arrivèrent du front pour prêter main-forte.

Le combat dura des heures. Le soleil commençait sa descente, et la vision sur le champ de bataille se faisait plus compliquée. Il n'y avait plus un seul ennemi à cheval mais, bien que cela soit un avantage pour les Français, les conditions actuelles semblaient les mener droit à la défaite.

— Lenclos ? Lenclos ? appela Thibaut.

Un « oui » se fit entendre dans le vent de la nuit. À travers le nuage de poussière et les combattants, Thibaut s'avança en direction de Richard. Il n'était encore qu'un soldat, mais il avait pleinement confiance en son ami.

— Richard, comment est la situation de votre côté ?

— Je ne vais pas vous mentir, c'est un peu compliqué. Il y a beaucoup d'hommes qui tombent, répondit-il, essoufflé.

Dans le ciel gris, des orages se firent entendre. Une pluie légère se mit à tomber. Elle nettoyait la poussière et rafraîchissait les combattants. Soudain Richard poussa Thibaut violemment au sol et arrêta l'attaque d'un ennemi avec son épée. Les deux hommes se mirent à se battre devant Thibaut qui essayait de se relever. Une fois debout, il surveilla les alentours. Derrière Thibaut, un cri de douleur résonna dans les airs. Il se retourna et vit Richard désormais à terre, une main sur son visage ensanglanté.

— Richard !

Thibaut sauta sur leur adversaire. Avec force, leurs deux épées se frappèrent. En reprenant sa position, l'ennemi voulut porter un coup à l'épaule de Thibaut, qui esquiva de justesse en sautant sur le côté. L'ennemi, qui fatiguait, fut plus lent pour se retourner. Thibaut profita de cette ouverture pour lui donner un coup de pied dans le dos avec force. Le soldat perdit l'équilibre et tomba violemment sur le sol mouillé. Sa tête heurta un rocher, et il perdit connaissance. Un second soldat ennemi essaya de frapper Thibaut dans le dos. Mais, par réflexe, il fit une roulade au sol et évita le coup, laissant malencontreusement tomber son arme. En se relevant, il en profita pour ramasser l'épée du premier soldat qui était toujours inconscient.

Il courut vers son ennemi, mais dans la foulée il reçut en plein visage un coup d'épée donné par un cavalier qui passait rapidement entre eux. Thibaut s'agenouilla, se tenant la tête. Le sang qui coulait abondamment lui brouillait la vue. L'ennemi était prêt à donner le coup de grâce. Richard, blessé, suivait la scène d'un seul œil. Il se refusa à voir mourir, sans réagir, son ami de longue date et l'homme aimé par sa sœur. Il ramassa une pierre, se leva et la lança au visage du soldat. Il fit mouche et toucha avec violence l'adversaire qui porta une main à sa bouche ensanglantée. Devant une telle opportunité, Thibaut en profita pour planter son épée dans la gorge du malheureux. L'homme tomba à terre en émettant un gargouillis effroyable.

Thibaut avança vers son ami, tout en déchirant un morceau de sa chemise pour lui bander l'œil. Les combats sanglants durèrent jusqu'au lever du soleil. Désormais, l'espoir était la seule chose qui maintenait les hommes en vie.

22

— Diane ? Diane, où êtes-vous, mon enfant ?

— Je suis là, mère, dit Diane en arrivant tranquillement.

Marie de Lenclos s'approcha de Diane en examinant les vitraux de son château. Elle haussa les sourcils et se gratta la tête.

— Ma fille, je vous cherchais car je voulais vous dire que votre carrosse laisse à désirer. Pour une marquise, il fait peine à voir. Et vos vitraux… j'ai remarqué qu'il y en avait plusieurs de fissurés.

— Vous me faites des réflexions seulement deux semaines après votre arrivée ?

— J'étais occupée à vous remonter le moral. Vos lettres étaient si tristes à lire. C'était mon devoir en tant que mère de vous soutenir.

— Mes lettres n'étaient pas tristes. En tout cas, ce n'est pas le sentiment que je ressentais en les écrivant, dit Diane en s'asseyant dans un fauteuil du salon. Mère, je n'ai pas de nouvelles de Richard. En avez-vous eu ?

— Non, malheureusement. Pas depuis trois semaines. Et si votre père en avait eu, il n'aurait pas manqué de m'en informer.

— J'espère qu'il va bien, soupira Diane.

— Dieu nous protège tous. Ne l'oubliez pas, ma fille.

— Oui, mère, bien entendu, dit Diane en se saisissant d'un livre posé sur la petite table en bois.

Jeanne, souriante, entra dans la pièce en tenant un colis entre ses bras. Depuis le décès du marquis, elle avait pris l'habitude de ne plus frapper à la porte avant d'entrer. Marie de Lenclos était indignée de ce comportement aussi familier envers sa fille. Elle se contenta de regarder la bonne les yeux grands ouverts.

— Madame, votre robe pour le bal masqué est prête !

— Merci, Jeanne. Approche ! Je veux admirer le travail de près.

Diane déplia avec délicatesse le tissu qui entourait sa nouvelle tenue. Elle la saisit à deux mains et l'emporta près de la fenêtre. Les rayons du soleil se reflétaient à travers les diamants brodés sur le corsage. La robe blanche à dentelle imitait l'allure d'un cygne. Un grand décolleté carré se trouvait sur le devant, et des plumes étaient cousues sur les manches bouffantes.

— Diane ! Une robe blanche ? C'est le comble de la malséance. Dois-je vous rappeler que vous êtes veuve ? Vous ne devez porter que du noir ! dit Marie.

— Mère, je ne consentirai jamais à ne porter que du noir. Mes trois mois de deuil sont bientôt terminés. Et puis, ne vous inquiétez pas, mon masque et ma broche seront noirs.

Marie de Lenclos fit la moue tout en réfléchissant longuement.

— Non, il n'y a pas à discuter ! Vous ne vous montrerez pas à un bal avec cette robe.

— Mais vous ne pouvez me l'interdire, mère. Désormais, je suis veuve et marquise. Je peux jouir de ma liberté comme je l'entends.

La mère et la fille se disputèrent dans le salon au sujet de la bienséance. Diane donna la nouvelle robe à sa bonne pour qu'elle la range dans une armoire. L'heure avançait. Le repas allait être servi sous peu. La marquise décida de couper court à la conversation, car rien au monde ne pourrait la faire changer d'avis. Elle s'apprêtait à sortir de la salle quand sa mère lui dit des mots qu'elle ne souhaitait pas entendre.

— Ma fille, pensez donc à Henri !

Diane se retourna, furieuse que sa mère ait osé utiliser son défunt époux comme prétexte.

— Ne me parlez pas d'Henri, mère. Son âme est déjà au ciel, bien loin de nous, et je doute que la couleur de ma robe lui importe.

— Mais je vous parle de lui si je le souhaite. Vous devez faire honneur à sa mémoire et à son héritage.

— Quel héritage ? Nous n'avons pas eu d'enfant vivant. J'ai hérité de son titre et de son château aux vitraux fissurés. Je le remercie de m'avoir fait cet honneur d'être devenue marquise. Et pour sa mémoire, je ne l'oublierai jamais. Je fleuris sa tombe tout comme celle de mon fils. Vous devriez plutôt être ravie que je sois encore jeune et que je puisse à nouveau me marier, répliqua Diane, avec une boule dans la gorge.

La mère de Diane resta silencieuse. Un soupir s'échappa de sa bouche, et ses yeux se fermèrent.

— Je suis désolée, ma fille. J'ai peur pour votre réputation. Je ne veux pas que vous deveniez un sujet de scandale, dit Marie en posant la main sur son front.

— Mère, ne vous inquiétez pas pour ma réputation. Je n'irai jamais au-delà des convenances. Je dois faire mes trois mois de deuil et je les ferai. Mais mon cœur me dicte de profiter de ma liberté ensuite.

Un silence pesa dans la pièce. La mère de Diane avait l'air de réfléchir au discours de sa fille. Elle se mit à sa place et comprit ce qu'elle pouvait ressentir. Elle enlaça sa fille puis, après un instant, elles se regardèrent dans les yeux et leur complicité reprit le dessus. Des rires finirent par fuser dans le salon.

— Mère, à propos du bal, dit Diane en hésitant, je souhaiterais que vous m'y accompagniez.

— Je vous y accompagnerai avec plaisir. Il y a longtemps que je n'ai pas participé à un bal et il y a une éternité que je n'ai pas dansé.

Après ces échanges animés, le repas fut servi par Jeanne dans la petite salle à manger. La servante était médusée. Elle avait laissé sa maîtresse quelques minutes plus tôt en pleine dispute avec Mme sa mère, et elle les retrouvait désormais joyeuses et pleines d'enthousiasme. Les plats furent avalés avec appétit.

Le lendemain, Diane réveilla sa mère de bonne heure. Elle avait préparé tout un programme pour la journée. Arrivée à Paris, la marquise déposa en premier lieu sa voiture chez l'un des charrons de la ville qu'elle connaissait bien, un homme aimable et très habile de ses mains. Le roi, qui le considérait comme le meilleur dans son domaine, l'avait prié de venir habiter à la capitale pour qu'il soit plus près du Louvre.

Les chemins étaient trempés par la pluie et par les souillures jetées depuis les fenêtres des maisons. Mère et fille marchèrent sur la pointe des pieds en levant leurs jupons de coton blanc. Malgré toutes ces précautions, des enfants, qui jouaient dans la rue, passèrent à côté d'elles en courant, et éclaboussèrent leurs robes de boue. Elles s'arrêtèrent net, les yeux écarquillés, puis se regardèrent, désespérées. Diane prit dans sa bourse un mouchoir qu'elle tendit à sa mère pour qu'elle puisse nettoyer son visage taché.

Après leur passage chez la couturière, elles rendirent visite à Ninon. Celle-ci fut contente de cette surprise. Marie examina la tenue de sa nièce pour connaître les nouvelles tendances de la cour.

— Anne, votre tenue est resplendissante ! Elle vous va à ravir. Quelles sont les nouvelles modes à la cour ?

— D'abord, allons nous asseoir dans le salon près de la

cheminée. Je crois qu'une tasse de thé vous fera le plus grand bien.

La mère de Diane était toujours émerveillée par le luxe des pièces. Le thé fut servi. Après avoir complimenté sa nièce pour son bon goût, la mère de Diane reprit la conversation.

— Alors, dites-moi tout sur la mode à la cour !

— Tout d'abord, saviez-vous que Mme de La Vallière a été évincée par Mme de Montespan ?

— Non, nous l'ignorions, répondirent en chœur Diane et Marie.

— Depuis peu, le roi a une nouvelle favorite, et ce sont ses toilettes qui sont désormais à la mode. Bijoux en perles principalement et robes flamboyantes agrémentées de nœuds.

— Oh ! si je l'avais su avant, j'aurais choisi un autre tissu chez la couturière pour ma robe, dit Marie, très déçue de son choix.

— Ne vous inquiétez pas, mère, votre toilette vous ira parfaitement.

— À quelle fête êtes-vous invitées ? demanda Ninon en buvant son thé.

— Nous allons au bal masqué donné par M. le frère du roi. Venez-vous aussi ?

— Non, malheureusement. Je dois partir de Paris quelques jours.

— Et où allez-vous ? Il est rare de vous voir quitter la capitale !

— Vous savez, tout le monde a ses secrets, ma cousine. Et ma destination en est un, répondit Ninon mystérieusement. En revanche, durant mon absence, ma maison et mes gens seront à votre disposition.

Diane ne savait plus quoi dire. Sa cousine avait piqué sa curiosité, mais elle savait que, même avec des supplications, Ninon ne dirait rien.

Après avoir passé un bel après-midi en compagnie de Ninon, les deux femmes rentrèrent à Montreuil avec la voiture réparée. Une fois changées et installées dans le petit salon chaleureux, les deux femmes passèrent le temps en brodant des nappes en coton pour habiller les tables qui occupaient la plupart des pièces du château.

On frappa à la porte, puis Colin entra dans la pièce en faisant la révérence. Il déposa son plateau qui contenait une théière remplie d'une tisane parfumée. Il en souleva le couvercle, et une odeur de thym se répandit dans tout le salon, se mélangeant à celle du bois brûlé.

— Une lettre a été réceptionnée pour Mme Marie de Lenclos, annonça Colin en tenant le pli très près de ses yeux pour en déchiffrer le destinataire.

La mère de Diane déposa son ouvrage sur la petite table, se leva de son fauteuil et saisit la lettre que lui tendait le jeune valet.

— Merci, vous pouvez disposer.

Avant d'ouvrir la missive, Marie de Lenclos regarda qui en était l'expéditeur. Elle reconnut l'écriture de son époux. Elle sortit alors énergiquement la feuille de l'enveloppe, en déchirant malencontreusement un coin au passage. Puis elle s'empressa de la lire. Son visage prit toutes sortes d'expressions durant sa lecture : fâchée, triste, puis joyeuse. Elle posa la main sur sa poitrine, et ses yeux devinrent brillants. Diane ne comprenait pas l'émotion de sa mère. Elle commença à s'inquiéter.

— Alors ? Que dit cette lettre, mère ? dit Diane, impatiente.

Marie serra la feuille sur son cœur et renifla grossièrement.

— Richard...

— Quoi, Richard ? Mère, arrêtez de me faire languir !

— Richard est vivant ! sanglota Marie.

Diane était si heureuse de cette nouvelle qu'elle laissa tomber sa broderie sur le sol. Sa mère continua.

— Il est rentré à la maison il y a quatre jours. Mais son corps va garder à jamais des séquelles de cette guerre. Pendant les combats, il a perdu l'usage de son œil gauche.

La triste nouvelle de la cruelle blessure ne réussit pas à éclipser la joie de savoir que Richard était vivant et à l'abri dans la demeure familiale.

23

Dans le grand salon de la demeure du comte de Lenclos, des chandeliers en argent étaient disposés sur plusieurs tables. Les lueurs des bougies créaient des ombres sur les tableaux accrochés aux murs de la pièce. Sous un grand portait familial, Richard, la tête bandée, était allongé sur le long canapé. Il semblait assoupi en cette fin d'après-midi. Diane, encore enveloppée de sa cape en laine, s'approcha discrètement de son frère. Elle s'assit à côté de lui, et observa ses bras griffés et entaillés. Les quelques hématomes qui parsemaient son corps étaient de couleurs bleue, verte et noire. De nature curieuse, Diane avança son bras pour soulever le tissu blanc du visage de son frère. Avant même que sa main ait pu finir son geste, Richard agrippa son poignet et la fit sursauter.

— La curiosité est un vilain défaut, ma chère petite sœur.

— Vous m'avez fait peur ! Je pensais que vous dormiez. Comment saviez-vous que c'était moi ?

— Non, je ne dormais pas. Et dans cette famille, il n'y a que vous qui ayez la démarche silencieuse d'un chat.

Diane se poussa pour laisser son frère s'asseoir à côté d'elle. Elle lui servit un verre d'eau avec le pichet qui était posé devant elle sur la table basse. Richard resta silencieux et avala lentement. Diane le regarda boire, puis elle se mit à rire.

— Pourquoi vous moquez-vous, Diane ?

— Parce qu'il est rare de vous voir boire autre chose que du vin !

— Allez-y, riez de moi, madame la marquise !

Richard termina son verre, le posa sur la table et soupira, la tête baissée.

— Souffrez-vous, mon frère ? demanda Diane.

— Non, je n'ai plus mal. Je crois même ne jamais avoir eu vraiment mal. En tout cas, pas depuis ma perte de connaissance.

— Vous avez perdu connaissance ?

— Oui, sur le champ de bataille. Mes souvenirs sont assez flous... Je ne me rappelle pas qui m'a secouru et comment je suis arrivé jusqu'ici.

— Père a dit que des soldats habitant dans les villages voisins vous ont ramené au château.

Richard ne répondit rien. Il avait toujours la tête baissée. La guerre avait laissé des séquelles physiques, mais avait aussi certainement blessé son mental.

— Laissez-moi voir sous votre pansement. Je veux savoir à quoi ressemble désormais mon frère, dit Diane d'une voix douce.

Richard se tourna vers elle. Diane déroula avec précaution le bandage. Après plusieurs tours de tête, elle constata l'ampleur des dégâts. L'œil gauche était vitreux et blanchâtre. La paupière gonflée et rougeâtre l'empêchait d'ouvrir entièrement son œil. La cicatrice laissée par le coup d'épée traversait une partie de son visage.

— J'ai peur que mon visage monstrueux vous fasse fuir.

— Ce n'est pas cela qui m'empêchera de vous aimer, dit Diane. Et vous ne ferez pas non plus fuir la gent féminine, je puis vous rassurer. Les femmes adorent les courageux balafrés. Vos paroles et votre charme feront le reste.

Richard lui sourit et ne la contredit pas. Il ne supportait pas de lui déplaire.

— Philippe m'a fait part du décès soudain d'Henri. Je voulais vous présenter mes plus sincères condoléances.

— Merci… Malheureusement, il est mort dans d'atroces souffrances, et le médecin est resté impuissant. Paix à son âme.

Diane attrapa sa bourse, en sortit un petit objet noir et le tendit à son frère.

— Avant de venir à la maison, j'ai fait fabriquer ceci pour vous.

Richard, intrigué, regarda la main de sa sœur. Il y vit un cache-œil en cuir souple qu'il saisit prestement. Il l'installa sur son œil gauche puis il noua les ficelles à l'arrière de sa tête.

— Merci pour ce cadeau, ma sœur. Désormais, grâce à vous, je ne ferai point fuir la gent féminine, dit Richard en enlaçant Diane.

— Je vous en prie, Richard. Vous ressemblez maintenant à un flibustier. Les dames de la cour vont se battre pour courtiser le courageux corsaire de Paris.

En échange de ce présent, Diane aurait souhaité que Richard lui donne quelques nouvelles de Thibaut. Il n'en fut rien. Elle n'osa pas poser de questions car il lui semblait que son frère souffrait encore un peu de sa blessure et qu'il avait une mémoire encore fragile.

Après leur accolade, ils restèrent assis tous les deux, muets. Diane hésitait à lui parler de Thibaut. Elle réfléchissait aux multiples conséquences que pouvait avoir sa question. La réponse pouvait être dramatique si son frère lui annonçait son décès. Son cœur se crispa dans sa poitrine. Elle chassa immédiatement cette pensée de sa tête. Elle souhaitait au plus profond d'elle-même qu'il fût toujours vivant. Peut-être était-il blessé et incapable de se déplacer ou de donner de ses nouvelles ? Ou, pire encore, prisonnier de l'ennemi ? Elle espérait en secret que Thibaut soit rentré en bonne santé dans son château d'Artois et qu'il viendrait lui rendre visite dans les jours suivants, arborant son plus beau sourire, pour la demander en mariage.

Encouragée par ses pensées romanesques, elle finit par trouver la force de questionner Richard à propos de Thibaut. Alors qu'elle s'apprêtait à ouvrir la bouche, la porte donnant sur le hall s'ouvrit. Charlotte, avec sa fille dans les bras, venait quérir la marquise et son beau-frère pour le souper. Diane admirait sa belle-sœur. Charlotte était la bienveillance et le calme incarnés. Elle soutenait toujours tout le monde émotionnellement et ne voyait dans les gens que leur bon côté. De constitution fragile, elle vivait chaque jour comme un cadeau du ciel. Diane ne comprenait que trop pourquoi son frère s'était épris d'amour pour elle.

Durant les mois de février et de mars 1669, il ne se produisit aucun nouvel événement chez les Lenclos. Les seuls divertissements étaient les promenades en forêt, tantôt dans le froid, tantôt dans l'humidité. Pendant tout ce temps, Richard ne parlait pas et restait renfermé sur lui-même. Le voyant dans cet état, Diane n'essaya pas de lui poser des questions au sujet de personnes ou d'événements le reliant directement à la guerre.

Le deuil de la marquise ayant pris fin, elle décida de rentrer chez elle en compagnie de sa mère. Avant son départ, elle proposa à Richard de passer du temps à Montreuil. Il refusa gentiment son offre. Il préférait rester à la maison familiale pour prendre soin de leur père qui avait contracté la goutte et qui n'arrivait plus à se mouvoir correctement. Le vieil homme avait désormais besoin d'aide dans les gestes simples du quotidien. Les deux femmes embrassèrent tout le monde et rentrèrent en calèche à Montreuil sous un soleil qui commençait à réchauffer toute la campagne.

Avec l'arrivée du printemps, les parterres de jeunes fleurs multicolores dégageaient des odeurs agréables parfumant l'air.

Au bord du chemin, les arbres étaient hauts et bien alignés, et embellissaient l'allée de la demeure de la marquise. Les chants des oiseaux posés sur les branches des pins enchantaient les oreilles.

Le lendemain matin, Jeanne tira avec énergie les rideaux de la chambre et réveilla Diane qui dormait profondément. La bonne déposa sur le lit la robe noire en taffetas épais.

— Non, pas celle-là, Jeanne, dit Diane avec un sourire. Apporte-moi plutôt ma robe rose pâle.

Jeanne fut surprise. Depuis plus de trois mois, elle avait pris l'habitude de sortir de l'armoire seulement des robes noires et épaisses. Une fois vêtue et coiffée de fleurs, Diane, le visage illuminé, ne donnait pas l'impression de sortir d'un deuil.

Le jour du bal masqué arriva enfin. Une domestique alla chez la couturière récupérer la robe fabriquée sur mesure pour Marie. Mère et fille attendaient cette fête avec impatience depuis plus de deux mois et avaient déjà pensé à toutes les subtilités de leur toilette pour la circonstance. Le bal se tenait au palais du Luxembourg, et tous les amis de M. le frère du roi étaient conviés.

Marie attendait sa fille à l'entrée de la demeure. Elle était vêtue de sa robe bleu clair avec des roses en relief brodées sur les manches. Son jupon de couleur argent était en tissu de Damas. Pour finir sa toilette, elle portait à son cou et à ses poignets des perles devenues désormais incontournables à la cour.

— Mais que fait ma fille ? Cela fait plus d'une demi-heure que je l'attends, dit Marie en s'éventant le visage.

L'attente fut longue. Fatiguée de rester debout, Marie décida de patienter en s'asseyant sur une chaise dans le hall d'entrée. À peine fut-elle assise que la marquise fit enfin son apparition.

Sa robe blanche à plumes, achetée plus tôt dans l'année, lui allait à ravir. Ses cheveux bouclés étaient rassemblés en un chignon de chaque côté de la tête. Des rubans noirs et des perles blanches ornaient sa coiffure. Un maquillage léger redessinait les contours de son visage et de ses lèvres. Même Colin, désigné pour être leur cocher, était bouche bée. Il n'avait jamais vu sa maîtresse aussi belle et élégante.

— Alors ? Comment me trouvez-vous, mère ?

— Ma fille ! Vous êtes vraiment merveilleuse. Je suis contente que vous m'ayez tenu tête pour garder cette robe. Elle est magnifique.

— Merci, mère, répondit fièrement Diane. Votre toilette vous va également à ravir.

Près de la porte, Diane tendit à sa mère un masque décoré de fleurs. Après tout, ne fallait-il pas préserver son anonymat pendant un bal masqué ?

24

Le Luxembourg était illuminé de tous côtés. Des guirlandes de fleurs entouraient la grande porte en bois du château. Une dizaine de soldats armés surveillaient les alentours. La musique se faisait déjà entendre dans la cour. Le souvenir des fêtes en compagnie de Ninon revint en mémoire de Diane. Un sentiment de joie l'envahit. Elle avait la sensation d'avoir à nouveau seize ans.

Dans la salle de bal, le beau monde dansait déjà. Les valets traversaient la grande pièce avec des plateaux remplis de verres de vin pour les convives assoiffés. Les buffets étaient garnis au fur et à mesure qu'il manquait de la nourriture. Une décoration somptueuse et de nombreux lustres en cristal descendaient du plafond comme des rivières de diamants et éclairaient la pièce. Des arrangements floraux colorés embaumaient le lieu d'un délicat parfum, et des chaises disposées aux quatre coins de la salle accueillaient les danseurs déjà fatigués. Les lourds rideaux des fenêtres étaient ouverts et permettaient d'apercevoir par les fenêtres le jardin où s'égayaient bon nombre d'invités.

Diane, éblouie par tant de faste, descendit enfin les marches de l'escalier de marbre. Une bonne partie des convives la contemplaient. Son allure élégante attirait les regards. Le menton relevé, elle faisait semblant de ne pas les voir. Elle mettait fièrement en pratique les conseils de Ninon visant à user de son charme naturel et à faire preuve de hardiesse.

Avant même qu'elle ait posé son pied sur la dernière marche, un homme, habillé en rouge et or de la tête aux pieds, vint vers elle en lui tendant la main.

— Madame ! Ce serait un immense honneur pour moi d'être le premier à danser avec la plus belle femme du bal. Accepteriez-vous ma compagnie ?

— Monsieur, j'accepte avec plaisir de danser avec vous.

Sans hésitation Diane saisit la main de l'homme. Elle était venue pour s'amuser. Marie, aveuglée par tant de splendeur, ne remarqua pas sa fille disparaître dans la foule dansante.

C'était une soirée des plus mémorables. Tout était parfait. Il ne manquait que l'intrépide et amicale Ninon pour partager ces moments si délicieux. La marquise, toujours masquée, passa une grande partie de la soirée à danser avec des cavaliers différents et à se faire complimenter pour sa toilette étincelante. Elle se sentait flattée et se surprit même à aimer être désirée par tant d'hommes. Durant la soirée, avant que tous les masques ne tombent à minuit comme le voulait la tradition, Diane sortit d'une ronde pour boire et se rafraîchir. Sa mère la rejoignit, abandonnant un groupe de femmes et d'hommes avec qui elle débattait joyeusement des derniers potins de la cour du roi.

— Ma fille, Philippe m'ayant confié la lourde tâche de vous trouver un époux, j'ai l'espoir que vous trouverez un galant parmi tous ces danseurs !

— Mère, je n'ai point besoin de me remarier.

Diane but d'une traite son verre de champagne.

— Et vous ne m'obligerez pas à épouser un de ces danseurs d'opérette. Ni Philippe ni vous ne m'imposerez votre choix.

— Soyez raisonnable, ma fille ! Vous êtes beaucoup trop jeune pour rester veuve.

— Mère, ne vous inquiétez pas pour moi, dit Diane d'un air espiègle.

Le comportement de sa fille encouragea Marie à penser que Diane avait déjà trouvé quelqu'un pour partager sa vie. Elle prit à son tour un verre de champagne et se félicita de voir son office presque accompli.

Près d'une colonne de marbre blanc qui soutenait le haut plafond décoré de scènes bibliques, Diane, toujours en compagnie de sa mère, entendit qu'un homme recevait des félicitations.

— Félicitations pour ces fiançailles, monsieur le duc ! dit un homme enrobé en serrant fermement la main de son interlocuteur tout en regardant la jeune fille qui se tenait à leurs côtés.

Elle avait les cheveux blond vénitien, une couleur assez rare. Diane se souvenait d'avoir déjà vu une femme avec la même chevelure chatoyante. Elle fouilla dans ses souvenirs, mais n'arriva pas à se rappeler où. Pourtant, sans savoir pourquoi, elle avait un goût amer dans la bouche.

Pendant que la marquise regardait la scène qui se déroulait sous ses yeux, un homme grand, habillé fastueusement, une bouche fine visible sous son masque noir, fit un geste pour lui proposer une danse, sans dire un mot. Diane quitta ses pensées et regarda la main gantée tendue devant elle. Elle abandonna son verre vide sur la table tout en faisant un clin d'œil à sa mère. D'une manière délicate, la marquise déposa sa main dans celle de l'inconnu masqué.

Ils dansèrent, encore et encore. Dans les bras de cet homme, Diane ne ressentait ni la fatigue ni la soif. Il semblait fort, et elle était ravie d'avoir enfin un partenaire qui dansât aussi bien. Pendant les pavanes, gavottes, menuets et autres danses, l'inconnu ne quittait pas des yeux l'exquise marquise.

— Monsieur, vous dansez divinement bien !

— Aurais-je su gagner votre cœur avec quelques danses, madame la marquise ? dit l'inconnu avec un sourire aux lèvres.

Cette voix lui était familière. Intriguée, elle se demanda comment il pouvait savoir qu'elle était marquise, puisque tous les convives étaient masqués et ne portaient aucun emblème distinctif.

— Monsieur, votre voix ne m'est pas inconnue. Nous connaissons-nous ? questionna Diane.

— Oui, nous nous connaissons, madame, mais vous devrez attendre minuit pour découvrir qui je suis.

— Mais je refuse d'attendre minuit. Je suis bien trop curieuse.

— Je ne le sais que trop bien. Madame est curieuse. Et comme je vous l'ai déjà dit maintes fois, c'est un vilain défaut. Margot n'était pas comme ça... Paix à son âme.

Diane était de plus en plus perplexe. Elle avait déjà entendu ces mots. Elle continua à réfléchir tout en dansant avec son cavalier. Son sourire radieux s'effaçait au fur et à mesure.

— Qui est Margot ? Je crains ne pas connaître de Marguerite dans mon entourage.

— Margot était la première femme, je dirais même, le premier amour de mon frère, répondit l'homme masqué.

— Alors qui est votre frère ? insista Diane.

L'homme ne répondit pas et préféra se concentrer sur les pas du menuet. Diane perdit patience. Son cavalier savait qui elle était, et cette situation l'agaçait profondément.

— Monsieur, dites-moi qui est votre frère ! répéta la marquise.

Minuit sonna aux horloges de la salle. Dans un ciel sans lune, des feux d'artifice éclatèrent en laissant des dessins éphémères sur la toile noire de la nuit. À cet instant, des masques de toutes les couleurs volèrent dans la salle de bal. Tout en détachant son masque, l'inconnu regarda Diane droit dans les yeux. Il finit par répondre d'une voix sarcastique, avant de découvrir son visage :

— Mon frère était Henri de Mornay !

Diane, choquée, faillit défaillir. Elle s'était promis, il y avait longtemps, de ne jamais plus danser avec Bertrand. Il venait de se jouer d'elle, et elle n'appréciait pas cette mauvaise plaisanterie. À son tour, elle enleva son masque.

— Comment osez-vous vous jouer de moi ainsi ? dit Diane, irritée.

— Je ne joue pas, ma très chère belle-sœur. Je poursuis un but. Un but que vous vous efforcez de m'empêcher d'atteindre.

— De quoi parlez-vous ? Non ! Ne dites rien. Cela ne m'intéresse nullement, et je ne veux plus avoir affaire à vous !

Diane lui tourna le dos et partit rejoindre sa mère pour lui demander de rentrer au plus vite. Elle traversa rapidement la salle en bousculant plusieurs personnes sur son chemin. Sans faire attention, elle heurta quelqu'un de plein fouet et faillit tomber. Une main ferme la retint délicatement en saisissant son bras nu. Quand Diane leva la tête pour s'excuser de son geste maladroit, des yeux d'un bleu profond la regardaient intensément.

Thibaut ne disait rien. Il souriait et se contentait de l'observer, sans parler, comme s'il ne voulait pas rompre le charme de l'instant délicieux de leurs retrouvailles. Son visage portait les traces de la guerre, tout comme Richard, et une cicatrice dessinait une fossette sur sa joue droite. Diane sentit le regard tendre qu'il posait sur elle. Son cœur se mit soudainement à battre plus fort puis à s'emballer dans sa poitrine, lui faisant oublier la haine qu'elle avait à l'encontre de Bertrand. Ce moment si doux ne dura malheureusement pas. Thibaut fut rejoint par son père et la jeune fille aux cheveux chatoyants qui regardait Diane d'un œil mauvais. Cette dernière comprit immédiatement la situation, et une grande tristesse l'envahit soudainement.

— Toutes mes excuses, monsieur ! dit Diane à Thibaut, la tête baissée pour ne pas montrer qu'elle avait envie de pleurer.

C'en était trop. Le destin s'acharnait contre elle.

Diane finit par retrouver sa mère au milieu d'une foule en délire. Des nobles la saluèrent en la complimentant sur sa beauté et sa grâce, mais elle ne prit même pas la peine de les remercier d'un sourire.

— Mère, je souhaiterais rentrer au plus vite ! insista Diane.

— Ma fille, je m'amuse énormément. Pourquoi voulez-vous partir maintenant ? J'aimerais bien rencontrer l'homme avec qui vous dansiez tantôt et qui avait l'air de vous plaire.

— Je vous en prie, mère, ne me posez pas de questions. Souhaitez-vous rentrer avec moi, oui ou non ?

— Logeons-nous dans la demeure d'Anne cette nuit ?

— Certainement, comme je vous l'ai déjà expliqué avant de venir.

Marie réfléchit un court instant puis décida de rester encore au bal. Cela faisait tellement longtemps qu'elle ne s'était pas amusée de la sorte. Diane quitta donc la salle après avoir embrassé sa mère.

La marquise monta l'escalier en tirant sur sa robe pour ne pas risquer de marcher dessus, puis elle se retourna et chercha Thibaut du regard. Il se tenait près du buffet. Même s'il était désormais fiancé, elle espérait au fond d'elle-même qu'il se retourne pour la regarder une dernière fois. Il était entouré par son père et sa jeune fiancée. Mais ce fut le duc d'Artois d'Angoulême qui se tourna dans sa direction et qui se mit à la dévisager d'une manière effrayante. Diane prit peur. Le cœur battant, elle finit de gravir rapidement les dernières marches pour rejoindre sa calèche qui l'attendait dans la nuit froide.

25

Quelques jours étaient passés depuis le bal masqué organisé par M. le frère du roi. La mère et la fille rentrèrent à Montreuil en laissant chez Ninon une lettre de remerciement. Dans l'entrée de la demeure, les servantes prirent les bagages pour ranger et laver les vêtements qu'ils contenaient. Marie de Lenclos attendit qu'il n'y ait plus personne autour d'elles et questionna sa fille sur sa réserve depuis la fête.

— Ma fille, maintenant que nous sommes seules, expliquez-moi quelles étaient les raisons qui vous ont poussée à quitter le bal si tôt ?

— Mère, je ne peux pas vous les donner, vous ne pourriez pas comprendre, répondit Diane en enroulant les rubans de ses cheveux entre ses doigts.

— J'insiste, ma fille. Vous vous réjouissiez depuis des mois d'aller à cet événement. Je voudrais donc savoir la raison de ce changement soudain, dit Marie en élevant légèrement la voix.

Diane resta muette et quitta le hall en ignorant la question de sa mère.

Adossée à des coussins brodés, la tête posée contre la fenêtre de l'alcôve de sa chambre, Diane repensait aux traits de Thibaut marqués par la guerre, à ses mains qui désormais caresseraient une autre femme. La jeune femme sentit son cœur se briser pour de bon. Elle avait souhaité vivre avec lui depuis leur première rencontre. Mais hélas, le destin en avait décidé autrement. Bien qu'elle ait dit à sa mère qu'elle pouvait jouir de sa liberté, elle ne se voyait pas finir sa vie seule dans ce château. Peut-être devrait-elle choisir d'habiter avec Ninon ou au Louvre ? Changer son destin était toujours possible, mais que devait-elle faire pour cela ?

Diane passa une bonne partie de l'après-midi à réfléchir sur ses possibilités. En regardant le jardin par la fenêtre, elle observa des petits passereaux qui ramassaient des brindilles pour fabriquer leur nid. Les poules grattaient le sol dans leur enclos trop petit pour toutes les contenir. Des servantes marchaient en direction de la fontaine pour y prendre de l'eau, certainement sur les ordres de la cuisinière. Diane pensa que ces domestiques, bien que pauvres, jouissaient finalement d'une vie confortable au château. Les deux jeunes filles aux joues rouges riaient tout en se lançant de l'eau à la figure. Colin, qui menait une jument au pré, passa volontairement près d'elles. Lorsqu'il fut à leur hauteur, il leur cria quelque chose et elles jetèrent aussitôt un seau d'eau dans sa direction en riant. Le petit groupe s'amusait gaiement autour de la fontaine. Jusqu'à ce qu'ils remarquent la cuisinière mécontente qui attendait son eau, une cuillère en bois à la main pour les menacer.

Diane regardait cette scène avec amusement. Elle décida de ne pas se laisser abattre. La vie était un cadeau qu'il ne fallait pas gâcher. La marquise quitta ses coussins confortables et s'avança vers la coiffeuse. Elle se recoiffa avec attention. Après avoir remis ses souliers, elle sortit de la chambre, partant à la recherche de sa mère.

Marie se trouvait au jardin, occupée à cueillir des fleurs pour faire des bouquets qu'elle irait disposer dans des vases un peu partout dans le château. Elle coupait les dernières tiges quand Diane arriva, l'air détendu.

— Mère ! Je souhaiterais remplacer les vitraux abîmés du

château. Voudriez-vous vous charger de cette tâche ? Je ne connais pas de verrier compétent.

— Bien sûr, ma fille, cela ne me dérange point, répondit Marie en sectionnant une rose rouge. Quelle somme d'argent mettez-vous à ma disposition ?

— Je n'ai pas de plafond. Faites comme il vous plaira.

Une semaine passa. Marie avait accompli sa tâche avec plaisir. Elle avait choisi le meilleur artisan du pays et des vitres fabriquées en Italie. Ces pièces étaient assez coûteuses, mais elles étaient de très bonne qualité. Avant de passer la commande, Marie demanda à sa fille si elle pouvait en profiter pour changer quelques miroirs noircis par le temps. Diane accepta sans même demander combien tout cela allait lui coûter.

Assise au soleil sur une des chaises en bois de la terrasse, Diane buvait tranquillement une tisane. Une colombe blanche avec une tache noire autour des yeux virevolta dans le ciel, avant de se poser sur une branche du grand chêne verdoyant qui dominait le paysage. En voyant les couleurs de l'oiseau, Diane repensa à la robe qu'elle avait portée au bal masqué. Puis elle se remémora les paroles de Bertrand à propos d'une certaine Margot.

Cette femme l'intriguait. Malheureusement, questionner Jeanne ne servirait à rien car elle avait été engagée peu de temps avant son mariage avec Henri. Si le marquis ne lui avait pas parlé de sa première épouse, il avait sûrement ses raisons. Mais Diane voulait quand même en savoir davantage. Bien que Bertrand lui ait donné l'impression de l'insulter, il avait quand même réussi à piquer sa curiosité.

Pour commencer ses recherches, Diane se rendit au cimetière de la chapelle du château, puisque son beau-frère avait dit que cette femme était décédée. Munie d'une cisaille prise dans la cabane du jardinier, la marquise se dirigea vers l'arrière de la demeure. Dans son grand jardin à la française habité par toutes sortes d'insectes et d'invertébrés, elle trouva des fleurs jaunes et blanches qu'elle coupa et arrangea joliment en bouquets, avec quelques feuilles pour leur donner plus d'ampleur.

Suivant le chemin en pierre, elle arriva jusqu'au cimetière où elle posa directement les compositions sur les tombes de son fils et d'Henri. Après une petite prière adressée à Dieu pour les défunts, elle se mit à chercher la tombe d'une Marguerite de Montreuil. Elle vit d'abord celles des parents d'Henri, puis celles de ses grands-parents. Ces sépultures n'étaient pas bien entretenues. De la mousse verte avait poussé dessus. L'une d'elles était fendue par les années et les éléments, et une autre avait déjà perdu une grande partie de son écriture, ce qui rendait le nom presque illisible.

Après un petit moment de recherche, elle se demanda si, en fin de compte, Bertrand ne lui avait pas menti à propos de cette femme. Perplexe, les mains posées sur les hanches, elle finit par poser les yeux, au fond du cimetière, sur une tombe bien différente des autres. Elle était plus petite, mais la pierre était nettement plus détaillée. Les lettres gravées étaient recouvertes de feuilles d'or, et elle était parfaitement propre. Une couronne de fleurs fraîches était posée à même la terre. Diane se rapprocha de la sépulture en évitant les quelques hautes herbes qui avaient poussé autour, puis se pencha pour lire :

MARGUERITE D'ENTREMONT

MARQUISE DE MONTREUIL

1635-1658

Bertrand n'avait donc pas menti. Henri avait bel et bien été marié avant elle, et il ne lui en avait jamais parlé. Peut-être était-ce trop douloureux pour lui ? Et pourquoi y avait-il des fleurs fraîches sur la tombe ? Diane partit du cimetière, troublée et avec encore plus de questions dans la tête. Pourquoi personne ne lui avait parlé du passé d'Henri ? Comment était morte cette Marguerite ? En retournant au château, Diane se demanda si Henri possédait un journal dans lequel il aurait pu coucher son histoire. Elle y trouverait peut-être les réponses tant attendues.

Elle se dirigea d'un pas décidé vers le bureau de son défunt mari. Elle commença par ouvrir les rideaux puis les fenêtres pour atténuer l'odeur de renfermé. La poussière vola de part et d'autre, ce qui la fit éternuer. Il y avait une grande quantité de livres et de feuilles. Avec tant d'ouvrages, elle ne savait pas par où commencer. En allumant quelques bougies, elle trouva sur le sol, derrière les statues antiques, des excréments de souris. Diane en fut saisie de dégoût. Quand ses recherches seraient terminées, elle ordonnerait au personnel de nettoyer cette pièce de fond en comble.

Assise sur le parquet en bois, Diane triait feuille par feuille tous les documents qu'elle trouvait. Certains feuillets étaient simplement des reçus pour des achats en tout genre. Elle découvrit même le prix de sa robe de mariée. Jamais elle n'aurait pensé qu'une toilette aussi simple pouvait coûter aussi cher. Même pour sa robe de bal plus sophistiquée elle avait dépensé moins d'argent. Dans un portefeuille posé sur une bibliothèque, Diane mit la main sur des documents portant le sceau royal. Visiblement, le comte de Guiche n'avait pas tout emporté lors de sa visite. En en parcourant les premières lignes, elle comprit que ces papiers devaient rester secrets. Elle n'en lit pas plus et les mit de côté pour les rendre au roi, comme il l'avait souhaité.

À côté du bureau, dans un petit meuble composé de trois tiroirs, Diane découvrit un journal à la couverture en cuir bouilli. Elle le prit en tremblant légèrement. Ses mains étaient moites. Était-ce vraiment bien de parcourir les souvenirs d'Henri ? Elle ferma les paupières pour tenter de trouver une réponse à sa question. Un vent frais entra dans la pièce à ce moment-là et lui caressa le visage. Les oiseaux chantaient joyeusement. L'eau de la fontaine coulait à un rythme régulier. Puis elle entendit les sabots d'un cheval claquer sur le sol avant de reconnaître la voix qui résonnait au loin dans la cour – celle de sa mère.

Diane rouvrit les yeux et les posa sur la première page du journal. Il n'y avait pas beaucoup de choses écrites à l'intérieur : le premier jour où Henri avait reçu un chien de son père, une dispute avec son frère, le décès de ses parents, sa nomination en tant que conseiller du roi, sa rencontre avec Marguerite d'Entremont. Diane remarqua à la fin du passage qui racontait le mariage d'Henri et de Margot que l'écriture devenait moins soignée. Une tache d'encre était visible sur le coin de la page.

12 juillet 1658

Cela fait plus d'une année que mon mariage me procure de la joie et que Marguerite m'apporte un grand bonheur. Malheureusement, la femme que j'aime a été soudainement frappée par la maladie. Margot est alitée depuis hier soir dans sa chambre. Elle a de la fièvre et de fortes douleurs dans le ventre. Je prie le Seigneur pour qu'Il la guérisse.

13 juillet 1658

L'état de Margot ne s'améliore pas. Un médecin est venu ce matin lui faire des saignées, mais il pense qu'il y a peu d'espoir qu'elle guérisse de son mal. Depuis aujourd'hui, sa peau est devenue légèrement bleutée.

14 juillet 1658

Un ami et sa tendre épouse sont venus pour me soutenir. La comtesse de Lenclos aidait à soigner beaucoup de malades quand elle était au couvent durant son jeune âge. Seigneur, entendez ma prière, c'est mon dernier espoir.

15 juillet 1658

Margot n'arrive même plus à avaler de l'eau. Son état se dégrade rapidement. Son visage si angélique est en train de s'amaigrir. Je ne supporterai pas de la perdre. Elle est la femme que j'aime et que j'aimerai toujours. Je serais prêt à lui donner ma vie pour qu'elle puisse vivre encore.

16 juillet 1658

J'ai veillé sur Margot toute la nuit. La comtesse et le comte sont restés à mes côtés pendant ces deux jours. J'arrive encore à écrire ces mots sur le papier, alors que je suis vide. Mon âme se meurt. Margot est morte. Partie… pour toujours… Avant qu'elle ne rende son dernier souffle, une larme a coulé sur sa joue et elle m'a souri. Enfin je crois… J'ai la sensation de sentir sa main me caresser le visage… Je ne pourrai plus aimer comme je l'ai aimée… Adieu, Margot…

Une larme coula sur le visage de Diane. Elle qui pensait qu'Henri n'était qu'un homme sérieux et droit, elle découvrait là un homme tendre et sensible, qui avait tant souffert de perdre un être cher. Diane souhaitait des réponses, elle en avait eu. La compassion et la honte se mêlaient en elle. Henri avait profondément été blessé dans le passé, et elle s'en voulait de l'avoir jugé sans réellement le connaître.

Il n'y avait pas plus d'indications sur la mort de Margot. Henri n'avait plus écrit dans son journal après cet événement. Diane retint que sa mère était au courant pour ce mariage et elle décida d'aller la questionner. Avant de sortir du bureau, elle prit le temps de fermer les fenêtres et de prendre tous les documents royaux avec elle.

La marquise trouva sa mère dans le salon, occupée à sa broderie. Elle ne mâcha pas ses mots et la questionna sans lui demander comment s'était passée sa journée.

— Mère ! Pourquoi ne m'avoir jamais dit qu'Henri avait été marié avant moi ? demanda Diane en agitant le journal en cuir devant le visage de sa mère.

— Parce que je ne voyais pas l'intérêt de vous parler de cette triste histoire, répondit Marie en essayant de ne montrer aucune surprise.

— Mais oui, c'est important. Comment est-elle morte ? Vous qui étiez à son chevet, vous devez le savoir !

— Comment pourrais-je le savoir ? Même les médecins ne le savaient pas, s'énerva Marie.

— Et personne n'a trouvé son décès suspect ?

— Oui et non. Dans la famille d'Entremont, ils mouraient souvent très jeunes. Et M. de Mornay, à l'époque, disait qu'il connaissait beaucoup d'amis dans la même situation, dit Marie en réfléchissant, le doigt posé sur le menton.

— Quand vous dites « M. de Mornay », vous parlez d'Henri ?

— Non, je parle de son frère... Comment s'appelle-t-il, déjà ?

— Bertrand ? suggéra Diane.

— Oui ! C'est cela, Bertrand. Un homme très aimable, acquiesça Marie, le sourire aux lèvres.

— Le frère d'Henri était présent à ce moment-là ?

— Oui, il était là. Il logeait encore au château à cette époque. Je crois qu'il avait plusieurs projets en tête, dont celui de devenir soldat. Je me rappelle en avoir discuté longuement avec lui.

Diane ne comprenait pas comment sa mère pouvait trouver Bertrand « aimable » alors qu'elle le trouvait fat et sot. Avec ce que le journal révélait et le discours de sa mère, toute cette histoire était de plus en plus suspecte. Tout comme la mort précoce de son époux. Diane essaya de changer le cours de la conversation, pour ne pas faire des suppositions trop hâtives devant sa mère.

— Mère, je dois vous prévenir que demain je partirai au Louvre. J'ai des ordres de Sa Majesté. Je dois lui rendre quelques documents importants.

— Oui, bien entendu, ma fille. Je vais demander qu'un domestique prépare mes malles. Je profiterai de votre absence pour retourner chez moi et raconter à tout le monde comment s'est passé le bal masqué. Même si je sais que la personne qui m'écoutera avec le plus d'attention sera Charlotte. D'ailleurs, vous savez qu'elle regrette de ne pas vous voir aussi souvent au château ?

Diane ne répondit pas. Son esprit était ailleurs. Elle commençait à penser que son mariage avec Henri avait été arrangé, un paiement pour service rendu. Un peu de compassion contre un titre.

26

Le jour qui suivit le bal masqué, dans la grande bibliothèque du château d'Artois, une dispute éclata entre Thibaut et son père. Bien que la porte fût fermée, leurs voix résonnèrent jusque dans la cour pavée. Les valets de chambre n'avaient guère envie de déranger le duc lors de ses moments de colère. Même pour lui annoncer l'heure du dîner. Ils se contentèrent d'attendre derrière l'épaisse porte en chêne que le calme revienne.

— Père ! Comme je vous l'ai déjà dit, je n'épouserai pas Marie-Louise du Maine ! Et vous n'auriez pas dû propager cette fausse nouvelle dans notre entourage !

— Je voulais vous ouvrir les yeux et vous montrer à quel point tout le monde attendait vos fiançailles avec impatience, répondit François d'un air fier.

— Je me moque de l'opinion des gens. Je ne l'épouserai pas.

— Si, vous allez l'épouser, mon fils. De gré ou de force ! Si vous n'allez pas devant le prêtre avec, à votre bras, Mlle Marie-Louise, je serais même prêt à vous déshériter ! s'énerva François, le doigt pointé sur son fils.

— Faites donc ! Ne vous gênez pas ! dit Thibaut, exaspéré. Mais sachez, monsieur, que je peux aussi vous faire chanter. Vous n'étiez pas autorisé à quitter votre poste en Franche-Comté et avez feint un mal de jambe. Dois-je vous rappeler que Sa Majesté hait les déserteurs ?

— Vous n'oseriez pas faire cela à votre père ! C'est indigne d'un fils !

— D'un fils déshérité, vous voulez dire ! Abandonnez votre projet de mariage, qui ne servira qu'à vous enrichir, et je ne vous ferai pas perdre votre titre de noblesse, dit Thibaut, sûr de lui.

Le duc ne savait plus quoi répondre face aux arguments de son fils. Il serra les dents, une veine se dessina sur son front et il sortit furieux de la pièce. Le pauvre valet, qui attendait que la situation se calme, reçut avec force la porte en plein visage. Au bout du long couloir, le duc leva le poing au ciel et cria.

— Vous allez voir, mon fils, vous allez voir que j'aurai le dernier mot !

Thibaut s'assit dans un fauteuil, pensif. Il regardait son père fulminer au fond du couloir sombre. Il le savait fourbe, mais jusqu'où pouvait-il aller ? Le valet, tout en se tenant le nez, hésita avant d'entrer dans la pièce. Il se pencha et jaugea l'expression de son jeune maître. Comme il semblait calme, il s'avança et lui annonça timidement l'heure du dîner.

Au Louvre, Diane, déterminée et habillée d'une robe colorée, cherchait le roi. Il faisait nuit dehors. La lumière de la lune ne perçait pas les rideaux épais, complètement tirés. Des chandeliers éclairaient les salles austères du château. Diane ne savait pas où était le bureau de Sa Majesté. Elle ne connaissait que très peu le palais. Dans une grande salle décorée de lourds tableaux de maître et de bustes de marbre représentant les rois passés, elle croisa un serviteur qui portait sur son avant-bras gauche du linge blanc et dans sa main droite une chandelle pour éclairer son chemin.

— Excuse-moi ! Peux-tu m'indiquer où se trouve le cabinet privé de Sa Majesté ?

— Certainement, madame. Dans cette direction, vous

montez l'escalier, et le cabinet de Sa Majesté sera au bout du couloir. Vous ne pouvez pas vous tromper, il y a une dizaine de gardes de la manche dans l'antichambre qui vous contrôleront certainement.

Diane remercia le jeune homme et suivit ses indications. Après le contrôle des gardes, elle se retrouva devant la porte, magnifiquement ornée, du cabinet. Le premier valet de chambre du roi, M. Bontemps, venait de fermer le battant et s'apprêtait à partir quand Diane l'arrêta dans son élan.

— Bonsoir, monsieur Bontemps. Je souhaiterais avoir une audience avec le roi.

— Bonsoir, madame la marquise. Ravi de vous revoir à la cour.

Le premier valet de chambre était l'homme des secrets. Il connaissait tout des nobles du royaume ainsi que du roi, leurs habitudes et leur vie privée. Il ne médisait ni ne colportait de ragots tant il était loyal.

— Je vais demander au roi de vous accorder une audience privée, madame.

Diane le remercia d'un sourire. Bontemps frappa à la porte en utilisant un code bien défini, puis il entra. Il ressortit rapidement et d'un grand geste invita Diane à entrer.

— Vous pouvez entrer, madame la marquise. Sa Majesté va vous recevoir.

Diane pénétra dans le cabinet du roi, le cartable entre ses mains. Après avoir admiré les moulures des murs et les peintures du haut plafond, elle posa les yeux sur Sa Majesté qui était assise à son bureau en bois massif. Le roi ne disait mot. Il était penché sur un document qu'il signait avec application à l'aide d'une plume blanche qui provenait directement de Hollande. Une fois qu'il eut fini, il la déposa à côté de l'encrier. Après avoir séché la signature, il arrangea ses papiers, leva la tête et se contenta d'admirer Diane de bas en haut. Il la regarda dans les yeux et lui fit un sourire.

— Sire, pardonnez-moi de vous déranger aussi tardivement dans la nuit, dit Diane en s'inclinant.

— Madame, l'usage veut que nous parlions toujours le premier, répondit le roi en se levant.

Le souverain s'avança vers la marquise toujours en révérence. Il lui prit la main pour la relever.

— Décidément, vous êtes encore plus belle que dans mes souvenirs ! Je me souviens de vous admirant les roses dans mes jardins.

Diane fut gênée par le compliment accordé aussi gracieusement. Elle recula d'un pas et lui tendit le cartable.

— Qu'est-ce donc, madame ? demanda le roi en en défaisant le nœud.

— Ce sont des documents que j'ai retrouvés dans le bureau de mon défunt époux. Votre conseiller, le comte de Guiche, m'a bien remis votre missive et, me doutant de l'importance de ces papiers, je me suis empressée de vous les rapporter.

— Nous vous en sommes très reconnaissant, madame.

S'avançant vers une commode, le roi rangea le cartable à l'intérieur d'un tiroir. Il referma le tout avec une petite clé en or, qu'il glissa dans sa veste richement brodée.

— La nuit étant tombée, souhaiteriez-vous, madame, vous reposer au château ? proposa le roi.

— Je remercie infiniment Sa Majesté pour sa proposition. Mais je me dois de décliner votre offre, sire. Je suis attendue chez ma cousine.

— Comme il vous plaira, madame. Afin de vous remercier de votre loyauté envers nous, nous souhaiterions que vous nous accompagniez demain à Versailles pour voir l'avancement des travaux.

— Ce sera un honneur pour moi d'accompagner Sa Majesté lors de cette visite. Je me joindrai à vous avec grand plaisir.

Le roi prit la main de Diane et y déposa un baiser. Les joues de la marquise devinrent pourpres. Il la raccompagna jusqu'à la porte et lui souhaita une bonne soirée.

Diane était sur un petit nuage. Jamais elle n'aurait imaginé qu'un jour elle se ferait complimenter et inviter par le roi. Pour se rendre à la sortie du château, Diane emprunta le chemin inverse. Dans l'un des nombreux couloirs, un courant d'air vint caresser ses bras à moitié nus. Elle frissonna. De ses mains, elle se frotta la peau pour se réchauffer, regrettant de ne pas avoir pris son châle. Au croisement de deux couloirs, perdue dans ses pensées, Diane heurta un homme à la haute stature et tomba sur le sol.

— Monsieur, veuillez pardonner ma maladresse, s'excusa Diane.

L'homme lui tendit une main pour l'aider à se relever. Une fois sur ses jambes, Diane défroissa sa robe puis regarda son interlocuteur. L'homme devant elle devait avoir l'âge de ses parents. Il avait un visage sévère et un regard bleuté comme celui de Thibaut. Elle reconnut aussitôt le duc d'Artois d'Angoulême.

— Vous ! s'écria le duc. Toujours à être dans mes jambes !

Diane s'immobilisa. Aucun mot ne put sortir de sa bouche. Le duc lui fit tout d'un coup peur. Le charme de sa conversation avec le roi s'envola.

— Veuillez vous écarter de mon chemin, jeune roturière !

Instinctivement, Diane se mit sur le côté pour le laisser passer. Pour la première fois de sa vie, elle s'était adressée au père de Thibaut. Comment un homme si effrayant avait-il pu avoir un fils si doux ? Une fois qu'il disparut de son champ de vision, la jeune femme reprit sa route, encore tremblante.

Après avoir arpenté quelques couloirs, la marquise entendit quelqu'un marcher derrière elle. Par peur, elle pressa le pas.

Des claquements de talons résonnèrent. Elle ne se retourna pas. Devant la sortie, un garde silencieux lui ouvrit la porte. Une fois dehors, elle se retourna pour regarder qui la suivait. Elle ne vit personne.

Les rues de Paris n'étaient pas sûres la nuit. Diane n'était pas rassurée d'être seule. Le vent était frais, et ses pieds commençaient à s'engourdir. La sensation d'être suivie ne la quittait pas. À chaque intersection, elle se retournait pour regarder derrière elle. Personne. Il n'y avait pas âme qui vive, pas un chat, pas un rat qui se promenaient sous le ciel étoilé. Ce n'était pas habituel dans Paris.

Dans une rue parallèle à la place des Vosges, Diane se retourna pour la énième fois. Cette fois, elle repéra une silhouette encapuchonnée qui la suivait. Elle prit peur et força l'allure. Si ses doutes étaient infondés, la mystérieuse personne ne serait plus derrière elle. Malheureusement ce ne fut pas le cas. L'inconnu pressa également le pas à son tour. Diane commença à courir, et tout un tas de scènes aux fins tragiques s'invitèrent dans son esprit apeuré.

Quand elle aperçut enfin la demeure de Ninon, elle courut à en perdre haleine. Enfin son cauchemar allait prendre fin ! Elle toucha la poignée de la porte, mais l'inconnu, qui l'avait rattrapée, lui saisit le bras et la jeta au sol. Il s'approcha d'elle, ses deux mains gantées en avant. Diane essaya de se protéger en lui donnant des coups de pied dans le ventre et profita des quelques secondes où il reprenait son souffle pour se relever. Comme elle cherchait à s'éloigner, l'agresseur se jeta à nouveau sur elle. Il la maîtrisa en lui tenant les poignets. Diane se débattait de toutes ses forces, mais l'étranger avait une force impressionnante.

— Arrêtez ! Lâchez-moi ! cria Diane en essayant de se dégager.

Pendant un court instant, elle réussit à libérer un de ses bras. Avec violence elle griffa le visage de l'inconnu, qui gémit.

— Puterelle ! hurla l'homme. Tu vas le payer de ta vie !

Fou de rage, il saisit Diane par le cou et commença à serrer de ses deux mains. Soudain, la porte de chez Ninon s'ouvrit. Anne de Lenclos, accompagnée par deux de ses serviteurs, parut en tenant un chandelier.

— Qui va là ? dit-elle d'une voix forte. Que se passe-t-il ?

L'inconnu, craignant sans doute d'être reconnu par les témoins de son méfait, lâcha Diane et s'en alla plus vite qu'un animal pourchassé, disparaissant dans la nuit obscure.

Essoufflée, Diane se dépêcha de se mettre à l'abri chez sa cousine. Assise au milieu du couloir, la marquise reprenait ses esprits. Qui était son agresseur ? Et que lui voulait-il ? Était-ce un simple coquin avide de lui voler sa bourse ? Certainement qu'elle ne le saurait jamais. Ninon s'agenouilla près d'elle et regarda les marques qu'elle avait au cou.

— Diane, j'ai eu si peur en entendant vos cris dehors. Souffrez-vous ?

— Ma gorge me brûle, dit Diane en se touchant le cou.

Ninon serra sa cousine dans ses bras pour la consoler. Puis elle demanda à une femme de chambre un linge humide.

— Pouvez-vous m'expliquer ce qui s'est passé ce soir ?

— Oui, dit Diane en respirant péniblement. Le roi... m'a reçue dans son cabinet privé et m'a invitée à Versailles demain.

Diane fit une pause avant de reprendre.

— En cherchant la sortie du Louvre... je me suis heurtée au duc d'Artois d'Angoulême. Il était si froid et blessant à mon égard ! Quand il a disparu de ma vue, j'ai pris peur. J'avais la sensation étrange d'être suivie, et cette impression ne me quittait pas... Mes soupçons étaient fondés car j'ai vu derrière moi un inconnu me talonner puis m'attaquer. Je n'ai pas aperçu son visage, mais je l'ai griffé.

Diane avait besoin de réconfort, et quoi de mieux que la présence de sa cousine pour la rassurer ? Une bonne apporta le linge humide. Ninon le posa sur la gorge de Diane qui la remercia.

Une fois dans sa chambre, Diane s'aperçut qu'elle avait peur de rester seule. Elle tremblait encore. Elle demanda à Ninon de dormir avec elle. Le lit était bien assez grand pour contenir plusieurs personnes. Une bougie était restée allumée dans la pièce, et les fenêtres étaient fermées. Ninon chercha à remonter le moral de sa cousine et commanda deux tasses de chocolat.

— Ma chère, vous savez, je vous envie. Depuis tant d'années, je cherche à me faire inviter par le roi, mais en vain. J'espère que demain vous profiterez de l'honneur que Sa Majesté vous fait, dit Ninon avec un sourire en coin. Et quand vous rentrerez, vous me raconterez tout.

— Oui, ne vous inquiétez pas. Je n'oublierai aucun détail, répondit Diane en reniflant.

Un des serviteurs frappa à la porte puis entra dans la chambre. Il déposa les tasses de chocolat fumant sur une petite table basse puis fit mine de sortir. Avant de quitter la pièce, il hésita, se retourna et dit à Diane, d'un air gêné :

— Madame, un coquin aurait facilement réussi à escamoter votre bourse sans vous violenter. Je suis persuadé que l'agresseur en voulait à votre vie.

27

Devant le miroir de sa coiffeuse, Diane regardait les marques rouges laissées sur son cou par son agresseur. Afin d'éviter les commérages mais surtout les questions, elle dissimula ces traces disgracieuses en se parant d'un collier ras du cou en dentelle blanche. Elle accrocha dans ses cheveux bouclés des nœuds de couleurs chaudes pour égayer son visage, toujours inquiet. Bien qu'elle fût fort honorée d'être invitée par le roi en personne, elle gardait encore en mémoire les événements récents et cela ternissait sa joie. Après avoir attaché l'ultime ruban à sa coiffure, Diane se contempla une dernière fois dans le miroir. Puis elle baissa les yeux sur un flacon en verre teinté posé sur le meuble en bois. Elle le saisit à deux mains et déposa quelques gouttes du parfum de rose qu'il contenait derrière ses oreilles et sur son décolleté.

Une fois prête, une ombrelle à la main, Diane descendit l'escalier pour saluer sa cousine. Arrivée devant la porte d'entrée, elle ne vit personne. Elle attendit quelques secondes, puis demanda à un serviteur où était Mme de Lenclos.

— Madame est sortie il y a peu, répondit le vieil homme.

Diane était surprise que sa cousine ne l'ait pas prévenue de son départ imprévu. Mais Ninon avait certainement ses raisons. Elle pouvait être très secrète quand elle le voulait.

Diane fit un signe au domestique, qui lui ouvrit la porte et lui souhaita une bonne journée.

Sur le perron, une légère brise chaude lui caressa le visage et les rayons du soleil réchauffèrent agréablement sa peau blanche. Diane prit le temps de se délecter de cette ambiance chaleureuse qui était agrémentée par des chants d'oiseaux. Durant cet instant de poésie, une voix aiguë la fit redescendre de son nuage.

— Ma chère, dépêchez-vous de monter dans la calèche ! Le chemin est long jusqu'à Versailles.

Diane s'étonna de voir Ninon revêtue d'une magnifique toilette et installée dans la voiture. Elle pensait qu'elle s'était absentée pour aller rendre visite à l'un de ses nombreux soupirants.

— Ninon ! Que faites-vous dans la voiture ? Vous n'avez pas été invitée ! dit Diane, surprise.

— Je le sais fort bien, ma cousine. Mais les routes sont dangereuses, et je ne voudrais pas qu'il vous arrive quoi que ce soit de fâcheux encore une fois.

La marquise ne répondit rien. Elle s'avança jusqu'à la calèche. En regardant les pavés scellés au sol, les événements de la veille lui revinrent en mémoire comme si elle était encore en train de les vivre. Une boule d'angoisse monta de son ventre jusqu'à sa poitrine, puis elle regarda sa cousine dans les yeux. Son regard bleuté entouré de longs cils blonds lui donna du courage, et sa peur s'évapora. Ninon avait cette capacité de pouvoir rassurer naturellement les gens. Sa présence était toujours un réconfort, et à ses côtés on avait l'impression que rien de déplaisant ne pouvait arriver.

Quand elle s'approcha de la voiture, Diane remarqua le petit rictus en coin de Ninon. Seules les personnes qui la connaissaient parfaitement savaient que ce sourire était espiègle.

Assise sur le siège en cuir de la calèche, Diane défroissa sa robe et posa son ombrelle à côté d'elle.

— Maintenant, ma chère Ninon, quelle est la vraie raison de votre présence à mes côtés ? questionna Diane, les sourcils relevés.

— Décidément, je ne peux plus rien vous cacher, ma chère.

— Effectivement, et vous devriez vous en souvenir désormais. Alors ?

— Premièrement, je voulais voir la transformation du relais de chasse du roi et la naissance de Versailles. Et deuxièmement, je pense que je pourrai faire de nouvelles rencontres très intéressantes durant la promenade de Sa Majesté.

— Mais, je vous le rappelle, vous n'avez pas été invitée. Vous risqueriez d'avoir des soucis !

— Ne vous inquiétez pas pour moi, le roi ne me remarquera même pas. Il y aura certainement beaucoup de monde. Et il n'aura d'yeux que pour vous.

Diane se sentit rougir. Mais pourquoi ? Elle n'avait pourtant aucun sentiment à l'égard du roi. Est-ce que, malgré elle, son cœur brisé, si vulnérable, battrait facilement pour de belles paroles ? L'homme le plus puissant de France s'intéressait-il vraiment à elle ?

Le trajet jusqu'à Versailles dura deux heures. Un temps que Diane utilisa pour penser aux avantages et aux inconvénients d'être la maîtresse du roi. Sa Majesté était un homme charmant, mais être une de ses favorites pouvait être risqué. La jalousie et l'envie pouvaient engendrer beaucoup de drames. Le poison était très utilisé, notamment à travers un vêtement, une boisson ou de la nourriture. Une situation favorable pouvait être très brève. Avoir l'amitié du roi était déjà un beau cadeau. *Ne soyons pas gourmande,* se dit Diane.

La voiture s'arrêta sur un chemin terreux, près de plusieurs calèches déjà vides. Les deux jeunes femmes pouvaient apercevoir au loin l'ancien relais de chasse du roi Louis XIII, qui était en chantier. Des ouvriers travaillaient sans relâche jour et nuit pour construire ce palais hors normes ainsi que ses bassins et ses jardins. Sous un grand arbre, le roi était entouré de nobles et de soldats. Diane et Ninon avancèrent difficilement sur un sol qui risquait de salir leurs belles toilettes.

— Regardez, Diane, la femme avec la robe bleue à côté du roi.

— Oui, je la vois parfaitement.

— C'est la nouvelle favorite de Sa Majesté, Mme de Montespan.

— Elle est très jolie. Le roi a bon goût en matière de femmes, dit Diane, sans la moindre ironie.

— Elle est peut-être jolie, mais ne vous faites pas avoir par sa beauté. Elle est jalouse et ambitieuse. Méfiez-vous de ses douces paroles, qui ne seront que fiel et poignard derrière votre dos.

Arrivant devant Sa Majesté, les deux femmes s'inclinèrent en signe de respect. Le roi, coiffé de son chapeau mousquetaire à plumes, prit congé de son architecte Louis Le Vau et saisit la main de la marquise, la relevant tout en ignorant Ninon.

— Madame, nous n'attendions plus que vous pour commencer la promenade.

— Sire, pardonnez-moi de vous avoir fait attendre.

— Madame, vous êtes toute pardonnée. Venez maintenant, dit le roi en tendant son bras à Diane.

Le soleil était très chaud ce jour-là. Toutes les dames avaient ouvert leur ombrelle pour ne pas brûler. Le groupe passait par des chemins plus boueux et marécageux les uns que les autres. L'ancien relais de chasse avait déjà subi un grand nombre de changements architecturaux. Il était désormais plus grand, avec des allées de chaque côté.

Diane se trouvait sur une petite colline en compagnie du roi, qui lui expliquait les futurs aménagements avec passion. Mme de Montespan, qui se sentait mise à l'écart, interrompit le roi pour lui demander où se trouveraient ses appartements. Par un regard de mécontentement, il lui fit comprendre qu'il n'avait point aimé se faire couper la parole. La Montespan baissa la tête et se plaça derrière son amant royal.

À l'arrière du groupe, des rires résonnaient par-dessus les conversations animées. Ninon flirtait avec un gentilhomme, qui lui murmurait des mots doux à l'oreille. Dans les marais vivaient encore quelques gibiers et, de temps en temps, on apercevait un lièvre traverser un chemin en courant. Les insectes étaient très présents et agaçaient les promeneurs. Les avant-bras de Diane commencèrent à la démanger. La sensation était tellement désagréable qu'il lui était impossible de ne pas se gratter.

Pendant qu'elle tentait de protéger son visage des piqûres, un « plouf » attira l'attention des nobles et du roi. Une comtesse, vêtue d'une légère robe blanche, avait glissé et était tombée le visage en premier dans la fange. Le roi, qui se grattait à son tour la joue, fit un geste de la main à ses soldats, leur signifiant d'aider la malheureuse.

Mme de Montespan profita de cette distraction pour parler à celle qui semblait être devenue à ses yeux une rivale.

— Madame, ne me prenez pas le roi ! Voyez-vous, je l'aime.

— Madame, sachez qu'il ne m'est jamais venu à l'esprit de me frotter à une Mortemart[1] en public. Je sais garder mes intentions secrètes, répondit Diane avec un petit sourire moqueur.

Puis la marquise se dirigea vers le roi qui l'appelait, en ignorant le regard assassin de la Montespan.

Après la grande promenade au château de Versailles, les deux cousines rentrèrent à Paris. Puis Ninon se rendit, comme

1. Mortemart est le nom de jeune fille de la marquise de Montespan. Cette famille est réputée pour savoir manier la plaisanterie, lancer des « picoteries » cruelles, et imiter d'un air moqueur les courtisans les plus riches.

tous les jours, chez le gentilhomme qu'elle avait rencontré : Thomas de Choisy, marquis de Mognéville, personnage très sympathique mais un peu trop libertin au goût de Diane. Ils étaient donc certainement faits pour s'entendre. Au moins pendant un temps.

Alors que Diane en profitait pour lire un ouvrage trouvé dans la bibliothèque de sa cousine, une servante lui apporta une lettre sur un petit plateau argenté.

— Madame la marquise, un courrier pour vous.

Diane fit signe à la domestique de s'approcher. Elle posa son livre sur la table basse et prit la lettre. La servante sortit de la pièce en emportant une tasse de thé vide. Diane examina la missive. Elle fut surprise d'y voir le sceau royal. Elle s'empressa d'ouvrir l'enveloppe. Le roi lui écrivait, c'était tellement surprenant !

10 avril 1669

Madame la marquise de Montreuil,

Nous avons le plaisir de vous convier au souper privé que nous donnerons ce soir. En souvenir de votre défunt époux et notre conseiller, M. le marquis de Montreuil, nous serions ravi de vous compter parmi nos invités.

Tous les convives sont priés de venir en tenue d'apparat.

N'y faites donc faute car ledit est notre plaisir.

Louis

Diane se sentit honorée par cette invitation. Elle avait la sensation d'être importante, et cela lui procura de la joie. Souper en compagnie du roi, elle l'avait déjà fait, mais seulement en tant qu'épouse du marquis de Montreuil, conseiller du roi, jamais en tant que Diane de Mornay, fille du comte de Lenclos. Elle avait encore un peu de temps avant de se préparer. Elle voulait reprendre sa lecture, mais cela lui était impossible. Elle était trop enthousiaste.

Huit heures sonnèrent à l'horloge de l'entrée. Quand Diane descendit l'escalier en tenue d'apparat, elle croisa Ninon, jalouse de cette invitation inattendue.

— Ninon, ne soyez pas envieuse. Soyez plutôt contente pour moi du fait que je m'amuse un peu.

— Oui, vous avez raison. Je tiens à votre bonheur, dit Ninon en embrassant le front de Diane. Vous mangerez en compagnie du roi, pendant que moi je tiendrai mon salon de jeu.

— Je vous promets que je vous raconterai tout dans les moindres détails.

— Merci, ma chère. Profitez de tout, mais faites attention à la favorite.

Ninon rejoignit ses invités dans le grand salon, où une majorité de personnes étaient déjà présentes. Lorsque Diane ouvrit la porte d'entrée, elle fit face à un homme : il était sur le point de frapper. Le cœur de Diane battit si fort qu'elle ressentit de la douleur dans la poitrine.

— Bonsoir, madame la marquise, dit l'homme avec assurance.

— Bon… bonsoir, monsieur, dit Diane en regardant son beau-frère dans les yeux.

Sous la couche de poudre et de fard de son visage, on apercevait des griffures récentes, mal camouflées.

— Qu'y a-t-il, madame ? Vous ne me laissez pas entrer ? dit Bertrand, les bras joints derrière le dos.

— Qu'est-il arrivé à votre visage ? demanda Diane, intriguée.

— Un animal sauvage a bondi sur moi, dit-il avec un sourire en coin.

Diane ne répondit rien de plus. Elle s'écarta et laissa passer son beau-frère.

— Amusez-vous bien, madame la marquise, dit Bertrand en se dirigeant vers le salon bruyant.

28

Sous une légère pluie fine de printemps, Thibaut d'Artois d'Angoulême se rendait au château de Long pour s'entretenir avec le duc du Maine. Il avait pris cette décision après une énième dispute avec son père à propos de ses fiançailles avec Marie-Louise. Cela faisait presque deux jours que Thibaut chevauchait, seul. Durant le trajet, il eut du temps pour ressasser les paroles de son père : « Si vous ne l'épousez pas, je vous déshériterai, mon fils ! » Ces mots étaient une menace réelle de la part de son père, mais les menaces ne lui faisaient pas peur. Si son père souhaitait vraiment le déshériter, qu'il le fasse ! Il n'en serait pas affecté. Après tout, il n'en avait que faire. Sa rente de commandant lui suffirait pour vivre. Pour le duc, l'argent était la seule motivation de cette alliance avec les Maine. Quant à lui, il se refusait à épouser une femme pour laquelle il n'avait aucun sentiment et à penser à une autre en la tenant dans ses bras.

Le cheval s'arrêta devant une immense barrière en fer forgé. Deux saules pleureurs trônaient de chaque côté de celle-ci. Au bout du chemin, un château aux briques blanches dominait le paysage en haut de la colline. Un jardin fleuri entourait le domaine du Maine, et l'on pouvait apercevoir plus loin des coteaux où poussaient des vignes. Thibaut entra dans la cour pavée, et un valet s'approcha.

— Monseigneur, dit l'homme en s'inclinant. Permettez que j'étrille et abreuve votre destrier.

Thibaut descendit de sa monture, remit son chapeau en place et confia les rênes au palefrenier. Un serviteur sortit de la demeure, précédant le duc du Maine habillé d'un tissu noble mais non brodé.

— Monsieur d'Artois d'Angoulême. Que me vaut l'honneur de cette visite fortuite ? demanda le duc avec un sourire aux lèvres sous sa moustache grise.

— Bonjour, monsieur le duc, dit Thibaut en baissant légèrement la tête. J'ai...

Avant qu'il ait pu terminer sa phrase, des pas se firent entendre dans l'entrée. Une jeune fille aux cheveux blond vénitien et le visage parsemé de taches de rousseur s'approcha des deux hommes en trottinant.

— Thibaut, mon cher ! Je suis si contente de vous revoir ! dit Marie-Louise en le prenant dans ses bras. Que nous vaut l'honneur de votre plaisante visite ? s'empressa-t-elle de dire en le regardant de ses yeux pétillants.

Dans un flegme absolu, Thibaut décrocha de sa nuque les bras de la jeune fille. Il prit ses mains entre les siennes et regarda le duc.

— Monsieur, j'ai à vous parler en privé, affirma Thibaut.

— Oui, bien entendu. Cela est possible. Suivez-moi. Allons nous asseoir dans mon bureau.

Thibaut s'inclina devant Marie-Louise et emboîta le pas au duc du Maine. La jeune fille resta muette dans la cour de sa demeure. Son fiancé était toujours de nature si enjouée que le voir tellement sérieux la surprenait. En y réfléchissant bien, il est vrai que, depuis son retour de la guerre, il avait changé.

Les deux hommes s'installèrent dans des fauteuils de velours cramoisi brodés de fils d'or. Dans la pièce se trouvaient plusieurs tapisseries dans des tons clairs, décorant et égayant les murs foncés en bois de chêne. Le duc demanda à l'un de ses valets de leur servir un verre de vin de son domaine. Le breuvage fut très agréable en bouche. De couleur pourpre, il avait un côté sucré, rehaussé par sa fraîcheur, puis révélait une certaine amertume en fin de dégustation. Les verres vides, le duc demanda à Thibaut la raison de sa visite.

— Monsieur, sachez que je souhaite être le plus droit et honnête possible envers vous, dit Thibaut d'un ton sérieux.

— Allez-y, je vous écoute, monsieur, répondit le duc en passant les doigts sur sa moustache.

— Je souhaiterais annuler mes fiançailles avec votre fille dès que possible, monsieur.

— Pardonnez-moi, monsieur ! Mais pourquoi n'honorerais-je pas ce contrat signé par votre père et déjà annoncé en public ?

— Parce que, moi, je n'y consens pas, et pour mon bonheur, celui de votre fille et vos intérêts pécuniaires !

— La réputation de ma fille sera mise en cause si j'annule ces fiançailles ! Je refuse, monsieur ! s'énerva le duc du Maine en frappant de son poing l'accoudoir du fauteuil.

— Monsieur, la réputation de Marie-Louise n'en souffrira pas. Et je vous conseille vivement d'annuler ce contrat car mon père n'y voyait d'intérêt que la dot et d'autres sommes d'argent substantielles. Vous n'avez pas de fils, et tout va revenir un jour à votre fille. M. le duc d'Artois d'Angoulême l'avait prévu depuis longtemps.

— Et pour quelle raison vous croirais-je, monsieur ? interrogea le duc.

— Demandez-vous pourquoi mes deux frères aînés sont mariés à l'étranger avec des princesses, alors que tout homme souhaiterait garder ses fils à ses côtés, répondit Thibaut avec un sourire de satisfaction.

Le duc resta pensif. Il réfléchissait en silence. Ses yeux faisaient des allers et retours comme s'il cherchait des réponses à ses questions dans ses souvenirs. À la suite de cette intense réflexion, le duc se leva de son fauteuil et tendit la main à Thibaut.

— Monsieur, je ferai annuler ce contrat dans les plus brefs délais. Mais il sera de votre responsabilité de l'annoncer à ma fille.

— Bien entendu, monsieur. Cela sera fait aujourd'hui même.

Les deux hommes se serrèrent la main. Thibaut remit son chapeau sur sa tête et sortit de la pièce pour aller à la rencontre de Marie-Louise. La porte refermée derrière lui, il décrispa son poing gauche qu'il avait gardé serré tout le temps de la conversation. Ce n'était pas gagné, mais il avait réussi à se défaire de ce mauvais contrat. En y réfléchissant, peut-être que, s'il avait cessé d'aimer Diane, il aurait apprécié ce mariage.

Le jeune homme, après avoir questionné un valet, se rendit dans les bosquets où Marie-Louise profitait du soleil. Sous les rayons du corps céleste, sa chevelure ressemblait à un brasier. La jeune fille tourna la tête au bruit de ses pas sur la terre sèche.

— Oh ! mon Thibaut ! Maintenant que nous sommes seuls, venez quérir mes lèvres tendrement ! s'exclama Marie-Louise, les joues rosies.

— Marie-Louise, écoutez-moi. Je ne peux pas accepter ce baiser que vous m'offrez avec passion.

La jeune fille écarquilla les yeux et ouvrit grand la bouche. L'étonnement se lisait sur son visage en forme de diamant.

— Pourquoi donc ne pouvez-vous point ? Vos lèvres ont déjà collé les miennes si tendrement que cette réflexion m'étonne ! Êtes-vous malade ?

— Simplement parce que nous ne sommes plus fiancés.

— Nous n'avions pas besoin d'être fiancés pour le faire. Et pourquoi ne sommes-nous plus fiancés ? Je ne comprends pas.

— Parce que j'ai demandé à votre père d'annuler le contrat de mariage.

Le monde de Marie-Louise du Maine s'effondra. Elle qui souhaitait ardemment être au plus proche de la cour aux côtés de son amant, voilà que ses projets disparaissaient aussi rapidement qu'un frisson. Pourquoi ne voulait-il plus être son époux ? Ils avaient déjà partagé tant de choses. Elle ne ressentit pas de tristesse ; ce fut la colère qui s'invita.

— Vous ! dit-elle d'un ton accusateur en le pointant du doigt. Je vous ai donné mon cœur, ma bouche et mon corps. Vous ne pouvez pas partir comme si rien ne s'était passé ! Comme un voleur !

— Marie-Louise, ne vous mentez pas. Je n'étais pas le premier, et vous le savez.

— Ce sont vos paroles contre les miennes, monsieur !

— Ne vous énervez pas, Marie-Louise ! Vous auriez été malheureuse avec moi.

— Et pourquoi aurais-je été malheureuse ? Je vous aime ! demanda Marie-Louise en laissant couler ses larmes sur ses joues devenues rouges.

— Désolé de vous l'apprendre ainsi, mais moi je ne vous aime pas. Mon cœur a toujours appartenu à une autre. C'est mon père qui voulait ce mariage, pas moi. Et puis, vous tenez beaucoup trop à votre liberté, avouez-le.

Marie-Louise s'appuya contre un arbre, en pleurs. Elle était toujours en colère, en colère d'avoir été rejetée, elle qui pensait avec vanité être une femme que tous les hommes rêveraient un jour d'épouser, de courtiser, voire d'encenser. Elle se redressa et remit des mèches de cheveux derrière ses oreilles.

— Monsieur, vous allez quitter ma demeure au plus vite ! Et je souhaite ne plus jamais vous revoir de ma vie !

Elle tourna les talons et rentra chez elle, se sentant plus insultée que jamais.

Thibaut s'approcha tranquillement des écuries et demanda au palefrenier de lui amener son cheval.

— Monseigneur, vous avez là une bien belle monture. Sa robe est noire comme je n'en ai jamais vu. Elle est très docile. Vous avez de la chance.

— Merci pour le compliment, dit Thibaut en lançant une pièce à l'homme.

— Bonne route, monseigneur ! répondit avec un sourire le palefrenier en rangeant la pièce au fond de sa poche.

En descendant le chemin pavé, Thibaut se sentit observé. Quand il se retourna pour regarder le château, il vit Marie-Louise qui se tenait depuis une fenêtre du premier étage. Quand elle s'aperçut qu'il l'avait vue, elle ferma les rideaux plus rapidement qu'un éclair.

Le retour jusqu'à la demeure familiale dura un jour de plus. Son cheval s'étant légèrement blessé à un pied après s'être coincé un fer entre deux pavés mal jointoyés, Thibaut avait choisi de ménager sa monture. Cela lui donnait également le temps de se préparer à affronter, à nouveau, son père.

Dans l'entrée de sa demeure, Thibaut comprit vite que la missive du duc du Maine était arrivée avant lui. Son père le regardait de haut depuis le grand escalier du hall, la fameuse lettre à la main.

— Qu'avez-vous fait, mon fils ? cria François.

— Bonjour, mon père ! Simplement ce qui devait être fait.

— Cessez de prendre votre air arrogant avec moi ! Vous ne m'êtes point supérieur.

— Cela dépend de quoi on parle. Mais votre temps est bien trop précieux, je ne vais pas vous en faire perdre davantage.

— Partez de chez moi ! Vous n'êtes plus digne d'être mon fils.

— Je m'en vais, monsieur. Et si vous changez d'avis, vous me trouverez à la cour auprès de Sa Majesté, notre cousin.

Avant de quitter prestement le château familial, le jeune commandant demanda à son valet de préparer sa valise et de l'accompagner jusqu'au Louvre.

29

Traversant calmement les longs couloirs éclairés par le soleil, Diane, dans sa jolie robe rose à fleurs, se rendait à l'endroit exact où les nobles avaient l'immense privilège de voir leur nom inscrit. Arrivée devant la foule, elle se fraya un chemin jusqu'à la liste des convives pour le dîner du roi. Devant celle-ci, elle chercha à savoir si elle y apparaissait bien. Les premiers noms qu'elle lut furent ceux de M. le frère du roi et de ses conseillers. Étrangement le sien était écrit avant celui de la Montespan. Elle laissa échapper involontairement un petit rire discret qu'elle étouffa aussitôt avec sa main. C'était un comble d'être ainsi placée devant la maîtresse du roi. Était-ce une maladresse de la part de la personne chargée de rédiger la liste, ou était-ce volontaire ?

Soudain, une odeur de musc et de menthe fit bondir son cœur dans sa poitrine. Thibaut devait être ici. C'était désormais tout son corps qui frissonnait à cette pensée. Elle le chercha parmi la foule, mais ne le trouva pas. Diane retourna près de la liste pour voir si le nom de Thibaut y était inscrit. Après avoir parcouru le tableau plusieurs fois, elle se rendit à l'évidence : son nom n'y figurait pas.

Déçue, elle s'éloigna de l'attroupement pour se rendre dans les petits appartements que le roi lui avait récemment attribués. En chemin, elle se répéta à l'envi que Thibaut était fiancé et qu'elle devait l'oublier. Maintenant, il appartenait à une autre. Elle devait s'y faire, un point c'est tout.

Avant qu'elle ait pu emprunter l'escalier de pierre, une main chaude et virile lui saisit la main droite. Diane se retourna rapidement, désormais certaine du parfum qu'elle avait senti auparavant.

— Bonjour, madame la marquise ! Il y a longtemps que je n'ai pas eu le plaisir de vous voir, dit Armand de Guiche en déposant un baiser sur sa main.

— Oh... c'est vous, fit Diane en soupirant.

— Madame, votre triste mine fait peine à voir, elle m'afflige même. Vous attendiez-vous à voir quelqu'un en particulier ? Ou ma présence vous déplaît-elle ? demanda Armand sans ambages.

— Oui et non, monsieur. Pardonnez-moi, mais il est vrai que je m'attendais à voir une autre personne.

— Ah bon ? Et qui donc, madame ? Vous m'intriguez ! questionna le comte avec un sourire malicieux sous sa petite moustache blonde.

— Ce n'est point important, monsieur. Vouliez-vous simplement me saluer, ou souhaitiez-vous me faire part d'une requête ? dit Diane en le regardant droit dans les yeux, un sourcil levé en guise d'interrogation.

— Eh bien, madame la marquise, je souhaiterais que vous m'accompagniez au dîner du roi. J'y ai vu votre nom inscrit, en dessous du mien et au-dessus de celui de la favorite en titre. Des mauvaises langues se délient déjà à ce propos, et je puis vous proposer de les faire taire en étant votre chevalier servant. Vous serez certainement, ces prochains temps, le sujet de toutes les conversations.

— En réalité, cela ne me plaît guère d'être un passe-temps et le sujet de commérages des potinières de la cour. Mais je saurai m'en défaire et en faire fi.

— Vous êtes étonnante, madame. J'admire votre verve et votre courage.

— Merci, monsieur. J'accepte de vous accompagner au dîner de Sa Majesté et non parce que vous m'avez flattée, dit Diane en souriant et en lui prenant l'avant-bras.

Près d'une statue grecque représentant le dieu Arès en guerrier, Thibaut d'Artois d'Angoulême regardait la belle marquise s'éloigner au bras du conseiller. Cette situation le contraria. Il souhaitait parler en privé à Diane. Malheureusement, le comte avait été plus rapide.

Après avoir pris possession de ses appartements au Louvre, Diane fit venir sa servante, qui était restée au château de Montreuil. Cette dernière était occupée à habiller sa maîtresse, quand quelqu'un frappa à la porte.

— Jeanne, va ouvrir, lui dit Diane.

La bonne arrêta de lacer la robe de soie et se dirigea vers la porte. Un papier plié en deux glissa sous le battant. Elle se baissa, prit le billet et appuya rapidement sur la poignée pour voir qui en était le messager. Ce fut peine perdue car bon nombre de nobles déambulaient dans le couloir.

Jeanne regarda la feuille et y vit un dessin grotesque. Elle avait l'air choquée.

— Qu'est-ce donc, Jeanne ? demanda Diane.

— Un billet pour vous, mais...

— Mais quoi ? Donne-le-moi, dit-elle en tendant la main.

La marquise déplia la feuille et lut à voix basse le texte au-dessus du dessin, ou plutôt une caricature d'elle-même nue, avec deux cornes, une clochette autour du cou entourée de trois mains qui tenaient chacune d'elles une couronne, un cœur et un sac de pièces d'or.

Le mouton aurait dû rester dans son enclos,
Mais la Lenclos préféra gravir les échelons.
D'un marquis puis d'un comte, elle choisit un roi.
Auquel des trois vits, va-t-elle offrir son con ?

— Le dessin est horrible, mais au moins les gens sont bien renseignés. Ils savent qu'il y a beaucoup de bergers dans le comté, qui appartient désormais à mon frère. Tu peux le jeter au feu, et j'espère que le roi n'en recevra pas de copie.

Après avoir brûlé le pamphlet, Jeanne termina d'habiller sa maîtresse. Diane finit par mettre ses souliers blancs à boucle d'or et sortit de ses appartements pour rejoindre une amie, avec qui elle avait rendez-vous.

À son passage dans certains couloirs du château, quelques personnes parlèrent dans son dos. D'autres la saluèrent ou l'invitèrent à une balade qu'elle refusa gentiment car elle avait déjà un engagement. Dans la cour pavée du château, Diane trouva son amie, la comtesse d'Olonne, abritée sous une ombrelle.

— Enfin, vous voilà, Diane, s'exclama la comtesse.

— Bonjour, Sophie. Comment allez-vous aujourd'hui ?

— Je me porte certainement mieux que vous, Diane.

— Pourquoi donc ? Je me sens bien ! Que voulez-vous dire ?

— J'ai reçu ce matin sous ma porte un pamphlet vous concernant, dit Sophie à voix basse.

— Oui, je l'ai reçu aussi. Je l'ai fait brûler aussitôt lu. Je trouvais mon portrait peu flatteur. Bon, allons nous promener dans les jardins.

Se tenant par le bras, les deux jeunes femmes profitèrent du temps ensoleillé mais un peu venteux. Un châle sur leurs épaules blanches, elles étaient enchantées par les chants des oiseaux et les odeurs des fleurs qui poussaient dans les allées bien droites.

Après une marche d'une heure, Diane et Sophie croisèrent une femme habillée de noir qui leur adressa la parole.

— Belle journée, n'est-ce pas ? dit la veuve.

— Bonjour, madame la baronne de Soucy. Oui, une très belle journée, répondit la comtesse d'Olonne.

— Je dois vous faire part d'une nouvelle. Tantôt, le goûteur de Sa Majesté le roi s'est empoisonné en mangeant des huîtres !

— Est-il mort ? questionna Diane.

— Non, il ne l'est pas, mais il se vide comme jamais. Il y a un médecin auprès de lui.

— Alors cela n'est certainement qu'une indigestion, dit Diane d'un air dubitatif. Ou une huître pas fraîche.

— Oui, probablement, mais il est bien plus captivant de penser que quelqu'un a voulu s'en prendre à la vie du roi, rétorqua la baronne.

Diane n'était pas du même avis. Changer volontairement la vérité pour qu'elle soit plus intéressante à raconter était complètement insensé et pouvait même s'avérer dangereux.

Pendant le reste de la balade, la baronne n'arrêta pas de partager des ragots en tout genre. Perdue dans ses pensées, Diane ne l'écoutait même plus. Elle restait fixée sur le soi-disant empoisonnement du roi. Il était facile de se procurer du poison et de le dissimuler dans la nourriture ou la boisson. Une fois la personne décédée, on trouvait très rarement les preuves d'un tel crime. Soudain, Henri apparut dans son esprit. Pourquoi était-il décédé aussi subitement ? Puis Diane pensa à la première femme de son époux. Elle aussi était partie brutalement. À chaque fois qu'une mort rapide intervenait, Bertrand était dans les parages, ce beau-frère qui visiblement ne l'aimait pas et qu'elle n'avait jamais apprécié non plus. Et cette griffure sur son visage, quelques jours après que Diane s'était fait attaquer en pleine rue à Paris...

Sa tête lui faisait mal à force de réfléchir. Pour elle, tout était lié. Il n'y avait pas de doute. Aurait-il essayé de la tuer ? Pour quelle raison ?

— Allez-vous bien, très chère ? Vous êtes si pâle, s'inquiéta Sophie.

— Oui, j'ai un peu mal à la tête. Je crois que je vais aller me coucher un moment, répondit Diane. Je vous souhaite une bonne journée, et merci, Sophie, pour ce moment d'échange.

La marquise rejoignit à pas rapides ses appartements. Elle voulait écrire à Colin pour savoir exactement ce qui s'était passé le jour du décès d'Henri. Diane ne réapparut pas à la cour de la journée, laissant Jeanne inquiète pour sa santé.

La réponse de Colin ne mit qu'une journée à arriver. Diane avait de la chance car le valet avait reçu une bonne éducation. Il savait lire et écrire, contrairement aux autres serviteurs, mis à part Jeanne, et la cuisinière, qui savait tout juste déchiffrer les recettes. La marquise, encore dans sa robe de chambre, déplia le mot.

7 mai 1669

Madame la marquise,

Votre demande est si étonnante que je suis pris au dépourvu. Le soir avant son décès, M. le marquis discutait avec M. Bertrand dans le salon. Je les ai entendus rire, puis se quereller. À un moment donné, M. le marquis est sorti seul de la pièce pour se rendre à la cuisine. Je l'ai vu plus tard dans la soirée, votre bouteille de liqueur d'orange à la main, se rendant dans sa chambre.

Le lendemain matin, le bruit d'une porte qu'on frappe et qu'on entrouvre m'a réveillé. Quand je me suis levé, Jeanne m'a dit que M. Bertrand était parti. Je suis allé à mon tour réveiller M. le marquis. Je l'ai trouvé transpirant, ayant de la peine à respirer. La bouteille que j'avais vue était posée sur la table de chevet, vide. Je suis aussitôt allé quérir le médecin.

Voilà, madame la marquise, je vous dis tout ce que je sais.

Votre humble serviteur, Colin

La réponse de Colin la conforta dans ses doutes. La liqueur lui avait été offerte par Bertrand. Le liquide était très certainement empoisonné. Ses doutes devinrent subitement des certitudes. Bertrand était un assassin et avait cherché à la supprimer, mais encore fallait-il le prouver. Enroulée dans son duvet, la marquise se mit à réfléchir à la manière de démontrer sa culpabilité. L'astre solaire poursuivait son chemin derrière un ciel gris clair. À force de réflexion, Diane trouva une solution. Elle sortit prestement de son lit et mit ses chaussons.

— Jeanne ! Jeanne ! cria-t-elle.

La servante sortit de la petite pièce qui lui servait de chambre, sans bonnet et sans tablier.

— Que voulez-vous, madame ? demanda Jeanne en se frottant les yeux.

— Je voudrais que tu fasses quelque chose pour moi, dit Diane d'un air malicieux.

— Oui, tout ce qu'il vous plaira, madame, comme toujours.

— Je voudrais que tu suives discrètement Bertrand de Mornay pour moi et que tu viennes me faire part de tous ses faits et gestes.

Jeanne, qui était encore à moitié endormie, se réveilla totalement en entendant cette demande des plus extraordinaires.

— Mais... je ne suis pas assez douée pour faire cela !

— Si mes souvenirs sont bons, tu sais faire preuve de discrétion en toutes circonstances. Je ne doute pas de toi.

— Si monsieur me voit ? Que ferai-je ? s'inquiéta Jeanne.

— Il ne te reconnaîtra pas, il y a tellement de serviteurs à Paris. Et si c'est le cas, dis simplement que tu retournes au

Louvre ou que tu fais une course pour des raisons personnelles. Maintenant, mets une cape et pars chez Anne. Il y est très souvent. Tu pourras commencer tes recherches là-bas.

Jeanne se vêtit d'une cape de laine grise et prit une bourse. Diane lui donna un peu d'argent pour payer le cocher, en espérant qu'elle n'envoyait pas sa servante à la mort.

30

Jeanne se trouvait chez Ninon depuis quatre jours. Heureusement, la maîtresse de maison n'avait pas posé de questions sur la présence de la servante dans ses murs. Si sa cousine l'avait interrogée, Diane n'aurait pas su lui mentir. La discrétion était préférable au vu des graves soupçons qu'elle faisait peser sur Bertrand. Plus elle réfléchissait à ce qu'il lui avait dit au bal, moins elle avait de doutes.

La nouvelle bonne de la marquise, prénommée Thérèse, lui remit une lettre reçue plus tôt dans la matinée. Diane s'installa dans son fauteuil pour la lire. Elle en profita, au passage, pour prendre un sablé dans le grand bocal en verre qui se trouvait sur la table. La missive était en fait une invitation du roi pour assister au dernier opéra de Lully. Diane était très contente, elle aimait beaucoup la musique de cet artiste italien. *Je vais accepter encore pendant quelque temps d'être l'objet des commérages de la cour. C'est un prix acceptable pour pouvoir profiter de ces fabuleux divertissements !* pensa-t-elle.

Diane se leva, essuya ses doigts sur sa robe et demanda à sa bonne de rafraîchir et réparer si besoin sa robe rouge aux broderies d'or pour l'opéra de ce soir. Puis la marquise quitta ses appartements pour rejoindre des amis.

Le soir venu, assise dans l'un des nombreux fauteuils rouges du deuxième étage, la marquise observait les invités du roi. Les richesses s'étalaient de leur tête jusqu'à leurs pieds. Tout le monde s'était paré de ses plus beaux bijoux et tissus. Le théâtre royal était tout aussi fastueux. Il pouvait contenir plus de deux cents personnes. Un lustre en cristal, gigantesque, pendait du plafond en forme de dôme. Les rideaux de la scène étaient si lourds et si épais qu'ils semblaient être faits de marbre.

Sa Majesté entra dans la salle, d'un pas si gracieux qu'elle semblait danser. À son bras droit se tenait la reine, timide et discrète. Elle se faisait clairement voler la vedette par la prestance et l'élégance de la Montespan qui marchait juste derrière elle. Ses boucles blondes épousaient parfaitement la forme de son visage d'apparence angélique.

Une fois le couple royal installé confortablement au premier rang, Jean-Baptiste Lully entra en scène. Derrière lui, les musiciens et le castrat, suspendus à sa baguette, attendaient qu'il donne l'ordre de commencer le concert. Il salua le roi d'une gracieuse révérence, puis se tourna vers l'orchestre et leva sa baguette de direction. Il fixa le castrat de ses yeux noirs. Puis, sur une impulsion de la baguette, les violons se mirent à vibrer, suivis par les violoncelles avec leur son plus grave. C'était à couper le souffle. On aurait dit que toute la salle était soudainement envahie d'abeilles et de bourdons. Soudain le castrat se mit à chanter. Sa voix aiguë était aussi claire que celle d'un enfant. Le chant était fort et rempli d'émotions. Des larmes coulèrent sur les joues de Diane sans qu'elle puisse les retenir.

Pendant deux heures, le chanteur et les musiciens émerveillèrent les nobles et surtout le roi. Le spectacle terminé, Sa Majesté se leva de son fauteuil pour applaudir Lully, et les convives firent de même. Les rideaux refermés, le roi prit la main de la reine pour sortir en premier du théâtre. Dans son sillage, Diane aperçut un jeune homme à la chevelure châtain.

Elle l'observa intensément. Son odorat ne l'avait pas trompée il y avait quelques jours de cela. Thibaut était bien au Louvre. Soudain il leva la tête et la regarda à son tour. Le cœur de Diane bondit si puissamment dans sa poitrine qu'elle en eut le vertige. Elle fut obligée de s'asseoir et quitta le théâtre la dernière.

Remettant son châle sur ses épaules, elle entendit le roi deviser près de son carrosse. Trop curieuse, elle se cacha au coin du bâtiment pour observer les participants. Pendant que la reine attendait dans la voiture avec ses dames de compagnie, Sa Majesté s'entretenait avec quelques conseillers et Thibaut. Diane remarqua que son entaille s'était transformée en cicatrice. Elle espionnait la scène comme une enfant. Elle n'entendait pas les conversations, mais le fait de voir son amour suffisait à son bonheur.

— Hé ! vous, là ! cria un garde derrière Diane qui sursauta. Que faites-vous là ?

— Rien de mesquin si c'est cela que vous souhaitez savoir, répondit Diane, la tête haute mais les jambes tremblantes.

L'homme continuait à la dévisager. Sans rien ajouter, elle partit à pied jusqu'au Louvre. Elle se retourna encore une fois, pour voir Thibaut. Celui-ci l'observait, les bras croisés derrière le dos. Diane avait la sensation qu'il lui souriait. Un malaise s'installa en elle, comme si sa conscience lui rappelait que Thibaud était fiancé. Elle finit par s'en aller en courant, sous la lumière d'une lune blanche.

Sur le chemin du retour, le cœur de Diane battait encore en pensant à Thibaut. Le seul fait d'avoir croisé son regard lui avait procuré de la joie. Son destin était lié au sien, elle en était persuadée. Diane avait voulu se mentir à elle-même en essayant d'oublier Thibaut, mais en vain. Son amour était toujours aussi fort. Elle décida de le lui dire avant qu'il ne soit trop tard. Avant que des vœux de mariage soient prononcés pour l'éternité.

Peu de temps après être rentrée et avoir rejoint sa chambre, la marquise ouvrit la porte à sa nouvelle bonne.

— Bonsoir, madame. Il y a un paquet pour vous. Je l'ai posé sur la commode.

— Merci, Thérèse. Déshabille-moi, s'il te plaît.

La servante obtempéra. Après avoir délacé la robe de Diane et détaché ses cheveux, Thérèse lui apporta sa chemise de nuit. Une fois la domestique partie, Diane s'approcha du meuble. Il y avait une lettre avec le paquet. Elle se précipita pour ouvrir le colis : il contenait des carrés de chocolat noir. Peut-être était-ce un cadeau de Thibaut ? Intriguée, elle lut le mot qui l'accompagnait.

11 mai 1669

Madame la marquise,

Permettez-moi de vous offrir ce présent qui, je l'espère, vous fera grand plaisir.

Après tant d'années, vous êtes encore dans mes pensées et enchaînez mon esprit.

Peut-être un jour serai-je enfin libéré.

Aucune signature n'était présente, ce qui éliminait d'office le comte de Guiche, qui signait toujours ses courriers. Et Thibaut n'aurait certainement jamais envoyé du chocolat. Cela ne lui ressemblait pas. Quoi qu'il en soit, Diane ne le mangea pas : il ne fallait jamais accepter un cadeau d'un inconnu.

En regardant la lettre posée sur la boîte, Diane se demandait où se situaient les appartements de Thibaut, car elle souhaitait glisser un pli sous sa porte. En y repensant, questionner les habitants du château n'était pas la meilleure solution. Le secret serait vite éventé.

— Thérèse ! Thérèse ! appela Diane en tressant ses longs cheveux.

— Oui, madame… Que me voulez-vous ? dit la bonne en baillant.

— Sais-tu où sont situés les appartements de M. d'Artois d'Angoulême ?

Dès qu'elle eut posé sa question, elle le regretta instantanément. Les serviteurs parlaient beaucoup entre eux. Ils voyaient et entendaient nombre de choses, et parfois n'hésitaient pas à monnayer ces informations.

— Oublie ce que je t'ai demandé. À demain, Thérèse, dit Diane en se frottant le front.

Puis elle souffla les bougies avant de s'envelopper dans son duvet.

Le lendemain matin, la servante réveilla la marquise plus tôt que d'habitude. Le merle avait déjà accompli sa *saudade* sur un timbre doux et mélancolique, et les rayons du soleil n'atteignaient pas encore la fenêtre de sa chambre. Thérèse avait déjà préparé la robe rose au large décolleté de dentelle pour Diane.

— Thérèse ! Pourquoi m'as-tu réveillée si tôt ? Se passe-t-il quelque chose que j'ignore ?

— Pardon, madame, mais, si vous vous hâtez de vous préparer, vous arriverez à le voir avant qu'il ne parte pour la journée.

Diane, encore endormie, ne comprenait pas les paroles de sa bonne. Le sol était froid, et des frissons parcoururent son corps.

— Mais de quoi parles-tu ? Je n'y comprends rien ! reprit Diane en se frottant les yeux.

— Je vous parle de M. d'Artois d'Angoulême. Il sera bientôt à l'écurie. Allons, hâtez-vous !

Diane se réveilla complètement. Thérèse tournait autour d'elle, l'apprêtant, la coiffant, la parfumant d'une eau de jasmin. Dès qu'elle fut prête, la bonne lui indiqua une porte dérobée offrant un accès plus rapide mais surtout plus discret à l'extérieur du château.

Diane se déplaçait aussi vite que le lui permettait sa robe. Après avoir descendu un escalier en colimaçon puis être passée devant la cuisine où des serviteurs s'affairaient déjà devant de grands fourneaux, elle se retrouva finalement dehors. Elle croisa des jardiniers occupés à tailler les haies pendant que des mésanges s'époumonaient, cachées dans le feuillage d'un gros chêne.

Diane marcha lentement le long des jardins fleuris à l'arrière du Louvre. À force d'attendre une apparition dans l'allée principale, elle finit par se demander si Thérèse ne s'était pas jouée d'elle. Elle arriva à la première fontaine, où des carpes nageaient tranquillement, gobant de temps en temps un insecte imprudent. Un vent frais fouetta son visage, emportant avec lui quelques pétales des arbres fruitiers qui longeaient la Seine.

Les yeux fermés, Diane goûtait à toute cette poésie. Soudain les claquements des sabots d'un cheval sortirent Diane de sa torpeur. Un homme sur un cheval noir descendait le chemin principal au galop. La marquise observa le cavalier sans réussir à le distinguer, et il disparut derrière une allée de grands chênes.

Assise sur le bord de la fontaine, Diane regardait le ballet des oiseaux dans le ciel. Son cœur se mit à battre en entendant des pas dans l'herbe, derrière elle. Quand elle se retourna, elle aperçut le cheval à la robe noire qui avançait à côté de son maître. Elle se leva d'un bond et marcha dans la direction du jeune homme. À chaque foulée, son corps tout entier frissonnait. Quand elle se trouva à la hauteur de Thibaut, elle rompit le silence en premier. Il l'écouta d'un air sérieux.

— Je suis désolée de ne pas vous avoir attendu, il y a des années. Aujourd'hui, je ne pouvais me résoudre à vous laisser partir sans vous avoir dit une dernière fois ce que je ressens pour vous. Je n'ai pas été une épouse parfaite et je ne pourrai jamais être une maîtresse. Mais avant que vous ne prononciez des vœux éternels devant l'autel, je tenais à vous dire combien je vous aime. Je n'ai jamais cessé de vous chérir. À aucun instant vous n'avez quitté mes pensées, même quand j'ai tenté de vous oublier. Réussirez-vous à me pardonner un jour mes maladresses à votre égard ? s'exclama sincèrement Diane, les yeux brillants.

— Diane, vous n'avez rien à vous faire pardonner. Et j'aime votre spontanéité. Je suis tout aussi coupable que vous et je n'ai pas été juste. Alors que vous étiez mariée, j'ai tenté de vous attirer à moi, dit Thibaut en prenant les mains de Diane. J'ai contredit mon père et rompu mes fiançailles. Par amour pour vous, je serais prêt à tout. Je souhaite ardemment vous rendre heureuse.

— Thibaut, je vous aime ! Je vous aime tant...

Diane se réfugia dans les bras de Thibaut. Et dans la brise fraîche, les bouches des amants s'unirent dans une promesse d'amour éternel

Dans son lit, Diane observait son amant dormir paisiblement. Ses doigts glissèrent délicatement sur la joue gauche, passant sur la cicatrice, avant de descendre sur le menton, le cou puis le torse nu de Thibaut. Elle ne pouvait s'empêcher de sourire en pensant qu'elle était enfin unie à l'amour de sa vie. Les rayons du soleil entrèrent dans la chambre et caressèrent leurs corps nus. Thibaut s'éveilla.

— Bonjour, ma bien-aimée, dit-il en embrassant Diane sur l'épaule.

— Bonjour, monsieur le duc, répondit-elle en souriant.

L'un contre l'autre, ils savouraient pleinement ce moment

d'intimité, qu'ils auraient souhaité éternel. Puis, discrètement, la porte dérobée s'ouvrit et laissa entendre un léger grincement.

— Diane ! Êtes-vous réveillée ? J'ai à vous parler immédiatement.

31

Jeanne se tenait dans le coin de la chambre. Elle était visiblement gênée de voir sa maîtresse au lit, nue et accompagnée.

— Veuillez me pardonner, madame ! J'ignorais que vous aviez de la compagnie, s'excusa la bonne.

— Ce n'est rien, dit Diane. Attends-moi dans le salon.

La servante se cacha les yeux et partit dans la pièce contiguë. Dans le lit encore chaud, les deux amants continuèrent leurs langoureux baisers. Après quelques minutes, Thibaut arrêta de goûter aux lèvres de Diane.

— Qu'y a-t-il ? demanda Diane. Pourquoi me regardez-vous ainsi ?

— J'ai oublié que je dois me rendre au lever du roi et au conseil aujourd'hui.

— Alors qu'attendez-vous ? Nous ne faisons pas attendre le roi, dit Diane en poussant Thibaut hors du lit.

Diane, enveloppée entre les draps, observait de haut en bas la silhouette nue du jeune homme devant la fenêtre. Il était si désirable qu'elle ne put s'empêcher de se mordre la lèvre inférieure en souriant. Elle n'avait jamais ressenti avec Henri ce qu'elle ressentait maintenant avec Thibaut.

— Ne m'aideriez-vous pas à retrouver mes vêtements ? demanda-t-il.

— Non, pas le moins du monde, répondit-elle en riant. Vous

m'avez bien retrouvée au beau milieu des pins, vous devriez pouvoir retrouver vos vêtements dans une chambre. Et puis, cela me donne le temps de vous admirer.

La marquise sortit du lit et se rendit derrière son paravent pour enfiler sa chemise de coton blanc. Elle consentit alors à indiquer du doigt l'emplacement de ses habits à Thibaut, qui était pressé et qui cherchait à quatre pattes ses bas sous le lit. Une fois prêt, il baisa la main de Diane, ouvrit la porte et disparut rapidement dans le couloir afin de rejoindre les appartements du roi.

Quand le cliquetis du loquet parvint aux oreilles de la marquise, elle s'empressa de rejoindre Jeanne.

— Dis-moi tout, Jeanne ! Qu'as-tu d'important à me révéler ?

— Madame, pour commencer, quand je suis arrivée chez Anne de Lenclos, elle m'a posé beaucoup de questions. Je lui ai menti en lui disant que je venais prendre des affaires pour vous. Elle ne m'a certainement pas crue, mais elle m'a laissée tranquille. M. de Mornay n'est venu que le jour suivant et a logé dans l'une des chambres d'hôte pendant deux jours. Il a même rendu visite à votre cousine, dit Jeanne à voix basse.

Diane était choquée. Elle n'avait jamais imaginé que Ninon accepterait d'avoir une liaison avec Bertrand.

— Ensuite ? dit Diane, de plus en plus impatiente de connaître ce que sa bonne allait lui révéler.

— Je connais le lieu de son habitation. Il loue un modeste appartement près de la place des Conquêtes. Je l'ai vu aussi se rendre souvent dans une maison close, tenue par une mère maquerelle exigeante avec ses filles en ce qui concerne l'apparence et la propreté. Enfin à ce qu'on dit.

— Je ne suis pas étonnée, dit Diane en s'appuyant contre le dossier du canapé. Je l'avais dit à Henri, que son frère utilisait son argent à mauvais escient.

— Et ce n'est pas tout, madame. Je l'ai suivi une nuit, dans les rues sombres de Paris. Je l'ai vu frapper une sorte de code à la porte d'une petite maison située à côté du cimetière. Un homme habillé de noir lui a ouvert et lui a demandé un mot de passe que je n'ai pas saisi. Je suis restée deux heures à attendre, cachée derrière un buisson épineux. Il est ressorti, un paquet à la main. Puis il est retourné directement à son appartement.

Diane resta silencieuse. Elle repensait à cette mystérieuse maison. Que pouvait-il bien y avoir à l'intérieur ? Jeanne rompit le silence.

— Ah oui ! Je dois vous prévenir que Thérèse est malade. Elle vomit sans cesse depuis cette nuit et elle a de la fièvre.

— Thérèse est malade ?

Diane était inquiète. Hier la bonne se portait à merveille.

— Jeanne, tu as bien travaillé.

La marquise lui embrassa le front.

— Aide-moi à m'habiller et allons rendre visite à Thérèse.

Toc, toc. Jeanne frappa à la porte et entra dans la chambre de la bonne, une petite pièce faiblement éclairée par une lucarne. Diane, dans une robe très élégante, s'approcha de Thérèse qui était aussi pâle qu'un linge.

— Que t'arrive-t-il ? As-tu mal quelque part ?

— Pardonnez-moi, madame...

— Pardonner quoi ? Tout le monde a le droit d'être malade.

— C'est Dieu qui me punit de vous avoir volée, dit Thérèse, les larmes aux yeux.

— Mais qu'as-tu volé ?

— La boîte était ouverte sur votre meuble. Et... et je n'ai pas su résister davantage. Je vous ai volé un carré de chocolat... parce que... je n'en avais jamais mangé... Je le regrette, madame.

Diane écarquilla les yeux. La situation devenait dorénavant plus claire. Le paquet que Jeanne avait vu dans les mains de Bertrand était certainement la boîte de chocolats qui lui était destinée. Heureusement la bonne n'en avait mangé qu'un seul.

Si elle n'avait pas maîtrisé sa gourmandise, cette dégustation lui aurait été fatale.

La marquise demanda à Jeanne d'aller tout de suite chez l'apothicaire chercher un vomitif et du charbon pour soigner Thérèse. La domestique partit sans plus attendre. Diane regarda sa bonne alitée. Ses pupilles étaient dilatées.

— Ne t'inquiète pas, tu vas guérir. Désormais, je te demanderai de tout me dire, dit Diane d'une voix douce. Et surtout je tenais à te dire « merci ».

— Pourquoi me dites-vous « merci » ? questionna Thérèse.

— Merci de m'avoir comprise et de m'avoir permis de revoir M. d'Artois d'Angoulême, dit Diane, reconnaissante.

Dans les couloirs du Louvre, la marquise ne pensait qu'à Bertrand et à ses méfaits. Elle voulait des explications et elle en aurait coûte que coûte. Postée devant le tableau des convives, Diane remarqua que rien n'était encore affiché. Pourtant, il était déjà 10 heures. Des petits pas pressés claquèrent sur le sol en pierre. Un valet arriva prestement avec la liste des privilégiés. La marquise eut la primeur de la lire et, cette fois-ci, elle fut contente de voir que son nom était écrit en dessous de celui de la Montespan. Ce fut un soulagement car cela ferait taire les mauvaises langues.

À midi, ce fut l'heure de se diriger vers la salle à manger du roi. Avant que Diane ne passe la porte, elle sentit quelqu'un la saisir par le bras. C'était Thibaut. Il l'emmena derrière un rideau et l'embrassa fougueusement. Puis il tira légèrement le tissu pour observer qui entrait dans la grande pièce.

— De qui vous cachez-vous, Thibaut ? plaisanta Diane.

— De mon père. Disons que nous ne sommes pas en bons termes, lui et moi, depuis que j'ai renoncé à mes fiançailles avec la fille du duc du Maine.

— Monsieur, vous faites l'enfant ! dit-elle avec un regard malicieux.

— Malheureusement il ne vous aime pas non plus et n'approuve pas que je vous courtise.

— Oui, j'ai cru le comprendre. Je l'ai rencontré un soir, il a été plutôt désagréable.

— Je ne vous l'ai jamais dit, mais c'est lui qui a escamoté votre invitation pour la Saint-Jean, et qui vous a répondu irrespectueusement en imitant mon écriture.

Diane ne sut quoi répondre. Tant d'années perdues à cause de cette lettre subtilisée.

— Je dois partir quelques jours. Le roi me commande d'aller mener les nouvelles troupes dans les garnisons à Rouen.

— J'attendrai votre retour avec impatience, dit Diane. Nous devons toujours obéir aux ordres de Sa Majesté.

Thibaut lui sourit. Des fossettes se dessinèrent sur ses joues. Ils s'embrassèrent, et son amant partit, laissant Diane à nouveau seule dans ce grand château. Quand elle entra dans la salle à manger, elle chercha du regard la comtesse d'Olonne, mais ne la trouva pas. Le dîner du roi dura très longtemps, comme d'habitude. Juste avant le dessert, une personne se pressa contre elle.

— J'ai rarement vu le roi avec un si grand appétit, dit l'homme tout bas.

— Bonjour, monsieur de Guiche. Je me faisais justement la même réflexion.

— Nous avons eu une matinée chargée de décisions importantes à prendre. Cela lui aura certainement ouvert l'appétit.

Diane opina de la tête, mais Armand continua de la dévisager.

— Qu'y a-t-il, monsieur ? Ai-je une vilaine tache sur le visage ? demanda la marquise en se touchant le nez.

— Non, votre visage est parfait.

Armand fit une pause avant de continuer :

— Saviez-vous que M. le duc d'Artois d'Angoulême avait fait irruption durant un conseil pour demander audience au roi ?

— Ah bon ? Et qu'a demandé le duc à Sa Majesté ?

— Que Sa Majesté oblige son fils à épouser la fille du duc du Maine, sinon il le déshériterait.

— Et qu'a répondu le roi ? questionna Diane, qui feignait l'indifférence.

— Que M. le commandant avait de grandes responsabilités, qu'il remplissait parfaitement son devoir envers la France et envers Sa Majesté, et que le roi décidait seul si un membre de sa famille méritait ou non d'être déshérité.

Le regard de Diane se porta alors sur le duc, à l'autre bout de la salle. Au fond d'elle, elle était heureuse que le roi n'ait pas cédé aux demandes du père de Thibaut. Elle se sentait même un peu vengée de ce qu'il lui avait fait.

— Tout cela est bien fascinant, monsieur, mais pourquoi me racontez-vous tout cela ? demanda Diane, perplexe.

— Parce que j'ai compris aujourd'hui que le principal souci de M. le duc – il fit une pause avant de continuer – c'était vous.

— Moi ?

— Ne faites pas l'innocente avec moi. Je vous sais perspicace. Je vous ai vue en compagnie de son fils derrière le rideau tout à l'heure, dit Armand en levant un sourcil.

— Êtes-vous fâché contre moi ? s'inquiéta Diane.

— Non, mais je regrette déjà les moments délicieux passés en votre compagnie. Désormais, je ne saurais en espérer davantage, dit-il en lui faisant un clin d'œil. Tant pis pour vous, vous passez à côté du plus beau parti de toute la cour. Mais me permettriez-vous au moins de vous tenir compagnie le temps que le commandant revienne de sa mission ?

— Assurément, je vous le permets. Une amitié comme la nôtre est très précieuse et ne mérite pas d'être oubliée pour une histoire de cœur.

Durant une matinée ensoleillée, Diane se promenait, en compagnie de la comtesse d'Olonne, dans les jardins aux odeurs délicieuses du palais du Luxembourg. Sa cousine Anne devait les rejoindre à leur table habituelle pour dîner. Pendant que les deux femmes discutaient des rumeurs concernant la Montespan, un homme de grande taille attira l'attention de Diane. Il avait beau porter une perruque, elle reconnut sans problème Bertrand.

— Excusez-moi, Sophie, j'ai une affaire à régler. Allez déjà à notre rendez-vous, je vous y rejoindrai tantôt, dit Diane d'un air sérieux.

La comtesse s'éloigna sans poser de questions. Elle respectait toujours la vie privée de ses amies et attendait patiemment que celles-ci veuillent bien tout lui raconter, ce qui finissait toujours par arriver.

La marquise s'avança d'un pas rapide et assuré vers Bertrand. Il l'avait remarquée à son tour et l'attendait en haut de l'escalier du jardin.

— Bonjour, madame la marquise ! Que me vaut l'honneur ou plutôt le privilège de votre présence ?

— Bertrand ! Je sais que vous avez essayé de m'empoisonner, dit Diane en le pointant du doigt.

— Et qu'est-ce qui vous fait croire cela, madame ? demanda-t-il calmement.

— Les chocolats que j'ai reçus dans mes appartements au Louvre. Ma bonne en a mangé un et a été très malade.

— Ce cadeau n'était pas de moi. Était-il signé ?

— Non, mais je sais qu'il venait de vous. Vous avez assassiné Marguerite d'Entremont, et aussi votre propre frère Henri ! Vous étiez à chaque fois présent lors de leur trépas.

— Henri n'était qu'un dommage collatéral, répondit-il en regardant des oiseaux qui s'envolaient.

— Donc vous avouez que vous avez voulu me tuer ? La

griffure sur votre visage, c'est moi qui vous l'ai faite en me défendant, n'est-ce pas ?

— Avouer quoi, madame ?

— Que vous avez commis deux meurtres, non trois avec mon fils, et que vous avez tenté également de m'assassiner !

— Vous savez, madame la marquise, il s'agit de votre parole contre la mienne. Et vous n'avez pas de preuves, n'est-ce pas ? Juste des soupçons et une haine envers moi.

— C'est vous qui me haïssez et ce, depuis notre première rencontre.

— Je vous ai désirée, madame, avant que mon frère ne vous ravisse à moi. Comme d'habitude, Henri avait toujours ce qu'il souhaitait. L'argent, le titre, l'amitié du roi. Maintenant, je vous souhaite une très bonne journée, Diane, dit Bertrand en lui faisant son plus beau sourire.

32

Thibaut était parti depuis cinq jours, et Diane n'avait reçu aucune nouvelle de lui. Au septième jour, Jeanne lui apporta une lettre qu'elle s'empressa d'ouvrir, mais en la parcourant elle fut déçue. Le pli contenait une invitation du roi pour le souper du soir. Sa présence était demandée, exigée même. Alors que Jeanne et Thérèse l'apprêtaient, Diane espérait encore l'arrivée de Thibaut, mais il n'en fut rien.

La jeune femme emprunta plusieurs couloirs et escaliers pour se rendre à la salle à manger. Les murs étaient peints en vert émeraude, et aux fenêtres pendaient des rideaux assortis. Peu de bougies étaient disposées dans la pièce, car les invités n'étaient pas là pour profiter du repas mais pour faire de la poésie et dialoguer en vers. Ainsi partageaient-ils des opinions personnelles, en évitant de critiquer Sa Majesté ou la royauté.

Un valet installa Diane à la gauche du roi. Elle hésita avant de s'asseoir sur la chaise, car son rang ne lui permettait pas d'être aussi proche de Sa Majesté. Après l'annonce du repas par M. Bontemps, Diane remarqua qu'une place était inoccupée. À la fin du premier entremets, quelqu'un frappa à la porte, et le premier valet de chambre du roi alla ouvrir au retardataire. Diane constata que le roi avait glissé un léger regard dans sa direction, suivi d'une ébauche de sourire. Thibaut entra dans la pièce, vêtu d'une tenue bleu roi, brodée de petites fleurs de lys.

— Mes hommages, Votre Majesté ! Bonsoir, mesdames et messieurs ! s'exclama Thibaut en faisant une révérence royale. Sire, avec votre bienveillance et si vous me le permettez, je souhaiterais faire une annonce avant que ne continue le repas.

— Nous vous le permettons, mon cousin, pour autant que cela ne crée pas une mauvaise ambiance autour de la table.

— Il n'en sera rien, sire, dit fièrement Thibaut. Je puis vous l'assurer.

Le roi fit un geste de la main pour l'autoriser à parler. Thibaut se présenta devant Diane et lui prit la main.

— Diane, je vous aime depuis notre première rencontre. Jamais un seul instant vous n'avez quitté mes pensées, dit Thibaut d'une voix forte et claire. Je vous aime et je vous aimerai toujours. Je souhaite que chaque jour qu'il nous reste à vivre nous le vivions ensemble. Avec l'accord de Sa Majesté et devant Dieu, Diane… acceptez-vous de devenir ma femme ?

Le roi opina de la tête et sourit à son cousin.

— Oui, j'accepte ! répondit Diane, tellement heureuse qu'elle en oublia l'étiquette en vigueur à la cour et se précipita dans les bras de Thibaut.

Sa Majesté tout comme les convives applaudirent les futurs mariés.

Le 20 juin au matin, Diane revêtit sa robe de mariée dans les tons ivoire. De la dentelle italienne en ornait les manches et le décolleté. Des roses jaunes et rose pâle étaient disposées en couronne sur sa tête. Ses cheveux bouclés tombaient sur ses épaules, et deux grosses perles en forme de goutte étaient accrochées à ses oreilles. Le tableau était charmant. Ninon n'oublia pas d'y ajouter sa touche personnelle : une mouche près de l'œil gauche et du rouge sur les lèvres.

Jeanne, essoufflée, fit irruption dans la chambre, vêtue de ses habits de ville et les chaussures crottées. La marquise la pressa d'aller se changer. Une fois prête, Diane demanda à Thérèse et à Ninon de l'attendre dehors près des carrosses. Jeanne revint rapidement, changée et apprêtée. Elle rejoignit Diane qui arrangeait pour la centième fois sa coiffure devant le miroir.

— As-tu réussi à faire ce que je t'ai demandé ? demanda Diane, impatiente.

— Oui, madame. Et personne ne m'a vue. Ni entrer ni sortir.

— Je ne te remercierai jamais assez pour tout ce que tu as fait pour moi, Jeanne.

— C'est un plaisir de vous servir, Diane.

Les deux femmes se serrèrent dans les bras. Puis Jeanne poussa gentiment la marquise vers la sortie. Le temps était venu de se rendre à l'autel.

Les cloches de l'église Saint-Pierre de Montmartre annoncèrent joyeusement le mariage de Thibaut et de Diane. Le bourdon résonnait encore dans la nef lorsque le prêtre commença son homélie sur l'amour. Parmi les invités, la mère de Diane, assise au premier rang, ne put retenir des larmes de joie, qu'elle essuya discrètement sur l'épaule douloureuse de son époux. Philippe, le frère de Diane, tenait dans ses bras la petite Marie-Madeleine qui était une enfant très sage et bien élevée. Son épouse Charlotte voyait son ventre s'arrondir de jour en jour. Toute la famille de Diane allait rester à Montreuil pour y passer l'été.

Assis sur un banc, un peu en retrait, Richard reprenait doucement goût à la vie malgré sa blessure. Il voulait changer et désirait être à nouveau l'homme séduisant et libre qu'il était avant la guerre. Il se pencha légèrement vers sa voisine.

— Ma très chère Ninon.

— Oui, dites-moi, mon cousin, répondit Anne derrière son éventail.

— Seriez-vous ouverte à l'idée que je partage votre demeure quelque temps ?

— Vous et moi avons déjà partagé bien plus qu'une simple demeure, Richard, dit-elle avec son sourire coquin. Ma maison sera aussi la vôtre le temps qu'il vous plaira.

— Je vous en suis très reconnaissant, ma chère, la remercia Richard en lui faisant un baisemain.

Pendant la fête animée du mariage, une lettre de félicitations fut apportée à Thibaut par un laquais du Louvre. C'était le roi qui souhaitait bonheur et longévité au couple. Alors qu'elle dansait avec Richard, Diane ne put s'empêcher de sourire en constatant que les frères aînés de son époux avaient pu faire le déplacement pour assister à leur mariage. Les liens fraternels avaient résisté à l'usure du temps et à la distance.

Thibaut se retourna pour admirer sa femme qui s'était lancée dans une gigue entraînante. Elle tourna la tête à son tour, et leurs regards se croisèrent. Le sourire de Thibaut s'illumina à la vue de son doux visage.

Bertrand, après avoir passé la soirée en compagnie de filles de joie, rentrait chez lui, un petit appartement de la place des Conquêtes. Dans sa chambre richement décorée, il posa sa veste sur une chaise et enleva ses bottes de cuir. Puis il rangea quelques pièces de monnaie dans l'un de ses nombreux petits coffrets.

Il sortit ensuite de la pièce pour se rendre dans le salon. Avant de s'installer confortablement dans un fauteuil pour lire, il alluma une flambée dans la cheminée et rapprocha un chandelier. Il prit un livre au hasard dans la bibliothèque et constata au marque-page qu'il avait déjà commencé à le lire.

Un moment de calme avant d'aller me coucher, pensa-t-il.

Il ouvrit son ouvrage en soupirant. Pendant sa lecture,

comme à son habitude, il but une petite liqueur et dégusta quelques chocolats disposés dans un bocal en verre sur la table. Après une heure de détente, Bertrand commença à transpirer. Le feu de la cheminée semblait s'être déplacé dans ses entrailles. Son rythme cardiaque s'accéléra, et il eut des vertiges. Ne comprenant pas ce qu'il lui arrivait, il se leva en chancelant pour aller respirer de l'air frais à la fenêtre. Sa vision se troubla, et Bertrand s'effondra sur le plancher de bois.